レオノーラの卵

Leonora's egg

Tomokichi
Hidaka
A Collection of Short Stories

日高トモキチ小説集

光文社

レオノーラの卵

Leonora's egg

Tomokichi
Hidaka
A Collection of Short Stories

日高トモキチ小説集

光文社

contents

Leonora's egg

Tomokichi Hidaka

A Collection of Short Stories

レオノーラの卵

1

レオノーラの生んだ卵が男か女か賭けないか、と言い出したのは工場長の甥《おい》だった。僕はそんなのフキンシンだから止《や》めた方がよかないかとぼんやり咎《とが》め立てをしたが、とくに誰も聞く気はないようだった。

レオノーラというのは工場長の甥の叔父《おじ》が工場長を務めていた工場で働く若い娘である。

街の基幹産業である黄色コッペパンを焼く工場は、僕の生まれる相当前から建っている。もっとも、くだんの工場長はずいぶん前に色々あって逃げてしまった。だから今の工場長は工場長の甥の叔父さんではなくその奥さんである。つまり甥にとっては叔母《おば》なので、立場的にはやはり工場長の甥だが本人的には微妙にニュアンスが違うらしい。俺は本当は現工場長の夫の甥なのだと思っているフシがある。したがって工場長の甥と呼ばれると、彼は落ち着きなく髪の毛をぐるぐるいじりはじめるのが常であった。おかげで鬢《びん》の毛が若干縦ロール気味になっていたくらいだ。

しかし、だからといって工場長の甥を本名で呼ぶ者はいない。ものの名前は単なる固有名詞ではなく、その属性を示すべきであるというのが日頃の彼の主張であり、またこの街の不文律でもあった。ゆえに青年はどこまで行っても工場長の甥なのである。

もとより本人の意志で獲得した属性ではない。しかしそれでも工場長の甥に固執する彼は、工場長の甥以外のなにものになる気もなければ努力もしないのであった。それで退屈凌《しの》ぎに賭けご

○○8

とに走ったというわけだ。まあ、無理もない。そのことで彼を責めるのは筋違いだろう。

人が賭けごとに興じる理由は射幸心ばかりではない。ことに工場長の甥の場合、なにしろ特段幸せになる気がない。うっかり大富豪になろうものならジョブチェンジしてしまうので、それは彼の本意でない。あ、これは「ほい」って読んでくださいね。「ほんい」でなく。

「わたしの好きなチェスタトンの短編にね」と話し出したのはチェロ弾きである。

「窓を流れる雨粒の、どちらが先に下に落ちるかを心ひそかに賭けていた青年が、ついには自分を神様だと思い込むようになるっていうのがあるんです。工場長の甥氏は、どうも剣呑《けんのん》でいけませんね」

「けんのん、けんのん」ちいさな声でやまねが同意する。

「そういえば工場長の甥が生まれた日も雨だったな」と、誰も聞いてないし興味のないようなことを呟《つぶや》いているのが時計屋の首だ。

「時計屋さんは、賭けに乗ったんでしょう」

チェロ弾きの口調に微《かす》かな非難の響きを感じて、時計屋の首が片眉を上げる。

「工場長の甥が男だというから、わしは女にしたが。お前さんもひと口乗ったらどうだ？　そのバヨリンをカタにして」

「わたしのチェロをバヨリン呼ばわりするのはやめてください。確かに形こそ似てはいますが、大きさがだいぶ違います」

「バイオリンをバヨリンって言うのはスルーなんだ」小さな声でやまねが突っ込む。チェロ弾きの眼鏡《めがね》の奥の表情は読み取れない。

「とにかく、こうしてただ待っているのも芸のない話だな。ひと勝負、するかい」

時計屋の首の提案に、チェロ弾きは溜息《ためいき》をつき、やまねは眠そうに片目を開けた。

三人は待っていた。もうずいぶん長いこと。

2

コインを投げよう、表か裏か。

四人のろくでなしが賭けをした。

「ぼくは表だ」とひとりめが言った。

「わたしは裏ね」とふたりめが言った。

3

その店はプールバーと呼ぶにはあまりに撞球場《どうきゅうじょう》だった。学生の頃、友達と新開地《しんかいち》のビリヤード店のドアを開けるなりその筋の人たちと目が合って、へへへどーもすみませんと笑いながら後ずさりをして店を出たことがある。そんなことを思い出させるような店内の片隅に半ばフェルトの剝《は》げた卓を囲んで、男たちは座っていた。

厳密には正しく卓に就いていたのはチェロ弾きひとりである。やまねは単に椅子の上にふかふかの小さい丸いものが乗っているだけで、時計屋の首に至っては卓の上三〇センチくらいの空中にボヨンと漂っている状態だ。まあ彼の場合首だけなので是非もない。その首のうしろには例の「ピアニストを撃つな」と書かれた黄ばんだ紙が貼ってある。

「ピアノ弾きを撃たないでください。これでも一所懸命弾いています」

対面のチェロ弾きがわざわざ音読してまた溜息をつく。

「ピアノ以外の楽器の演奏者は撃ち殺しても構わないみたいじゃないですか」

「被害妄想か」と、やまね。

「ずいぶん古い貼り紙さ。当時、こういった場所でピアノを弾く係は貴重だったのでな。しかしなんせ弾いてる間は丸腰だから、喧嘩《けんか》のとばっちりで流れ弾に当たることもあれば、酔っぱらいが面白半分に試し撃ちの的にしたりする。困った店主が貼り出したものだ」

講釈と説教はとしよりの責務であると心得た時計屋の首がわけ知り顔で由来を語る。

「撃たないでくれって書いてあると撃たないものなんですか」

「まあ、撃つわな。酔っぱらいはそんなの気にしないから。気休めだ」

「気休めな、気休め。ふわあ」

やまねのあくび混じりのリフレインはだいぶ寝言っぽくなりつつあった。

やまねというのは山の方に住んでいる鼠《ねずみ》の仲間だ。町の鼠とちがって冬眠するので、雪に埋まった木の洞《うろ》などからころころ丸まって寝ているものが見つかることがある。ずいぶんと思いっきり眠っており、めったなことでは目を覚まさない。眠り鼠という通称はこうした彼らの習性から来たものだ。

その眠たそうな声に気づいた時計屋の首が薄笑いを浮かべて言い放つ。

「そういや西洋ではやまねを食べるらしいが、美味《おい》しいのかね」

やまねの目がまんまるに見開かれ、瞳孔がしゅうっと窄《すぼ》まった。

「いやあ、たいして食べるとこなさそうじゃないですか」

応じるチェロ弾きも特にフォローする気はないようで、やまねはなんだか嫌な顔になった。もっとも、ここですごい美味しいらしいですよと言われたところで彼の機嫌がよくなる筈《はず》もないので、気にせず放っておけばいいと思う。放っとかれるうちにやまねの瞳は黒目がちに戻り、やがてあまぶたが重たくて開けてるのがつらいわという体《てい》で椅子の上に丸くなり始めるのだ。

「いいんじゃないですか、寝かせておけば。彼が来たら起こせばいい」

「まあな」

時計屋の首は器用に煙管《キセル》を持ち上げると紙巻きたばこを押し込み、口に咥《くわ》えた。チェロ弾きが素直に驚いて感想を述べる。

「うわ、どんな手品ですか」

「サイコキネシスという奴《やつ》だ。知らんか。首だけになったもんで脳の眠っていた部分ががんばって起き出したものとみえる」

「そういうものなんですか」

「小説は事実より奇なり、じゃよ」

「なに当たり前のこと言ってるんですか」

チェロ弾きはしかし、そこですこし考えると言葉を継いだ。

「つまり、あなたも昔は胴体があったんですね」

「胴から下はどうした、という手垢《てあか》のついた駄洒落《だじゃれ》があるな」

「こう見えてけっこう恰幅《かっぷく》がよかったんだよ、時計屋は」

話を逸《そ》らしかけたところに、いつの間にか目を覚ましたやまねが口を挟む。

首は片眉を上げてちらと眠り鼠を見ると、いかにも仕方がないという様子でチェロ弾きの質問に応《こた》えた。

「わしも単に『時計屋』だった時代があったのさ。だいたい四半世紀前の話だ」

合いの手を期待していったん言葉を切った首だったが、チェロ弾きもやまねも特に何も言わないので、そのまま続けた。

「胴体は失《な》くしちまってな。賭けに負けたもんで」

4

レオノーラの母親をエレンディラという。

この街のたいがいの住人のように、彼女もまたいつの間にかやって来て住みついた流れ者だった。長く伸びた栗色の巻き毛を頭の上の方でざっくりとまとめ、生成《きな》りのシャツの袖をまくり上げて、石畳《いしだたみ》の続く通りをいつも大股で颯爽《さっそう》と歩いていた。さばさばした性格と小柄ながら均整のとれた肢体《したい》は、街の男たち皆に愛されていた。

エレンディラは娼婦《しょうふ》だった。実際はどうだったかはともかく、ほとんどの人間には娼婦だと思われており本人も特に否定はしなかった。あらゆる誤解や嫉妬、敵意を、彼女は街の男たちと同様にあまねく受け容《い》れて拒むことをしなかった。

そのころ役場の裏手に住んでいたピアノ弾きの青年はそんな彼女のことをなんとなく聖女みたいに感じており、それもあってエレンディラと寝なかった。属性が通称となるこの街で、彼があやうく「ピアノ弾きの童貞」と呼ばれかけたのは故なきことではない。

「人は処女を重んじるが、童貞はせいぜい我慢汁ですよ」

くだらない冗談が、ピアノ弾きは好きだった。

その日彼がエレンディラの住むアパートメントの下を通りかかると、彼女が窓辺に腰掛けてリズミカルに口ずさんでいるのが見えた。

「煙突煙突煙突煙突踏切、煙突踏切煙突、踏切鉄橋煙突」

薄物を一枚まとっただけのエレンディラを、青年は眩《まぶ》しそうに見上げ声をかける。

「おはようございます。いいお天気ですね」

「おはよう童貞くん。この街は煙突ばっかりね」

「そうですね」とピアノ弾きは答えて、肯定したのはあくまで煙突の方であって童貞に関してではないのだぞと心の中で付け加えた。

「あたしの育った海辺の街は、見渡すかぎり海と船と海鳥《うみどり》だった。元気な男はみな船乗りで、元気のない男は歌うたいになった」

じゃあ自分は歌うたいの方だ、あなたは船乗りと歌うたいのどちらが好きですか。聞くまでもないんでしょうね。青年が口に出さない言葉を頭の中にぐりぐり紡《つむ》ぎながらひとりで赤くなったり青くなったりしていると、彼女はバルコニーからおおきく身を乗り出してピアノ弾きを見下ろした。

「ね、童貞くん。あたし、お願いがあるんだ。とても、とても大事な」

青年も点滅するのをやめて真顔になると、乙女《おとめ》の顔をしっかりと見上げた。

「わたしで出来ることなら、何なりと」

婉然《えんぜん》と微笑《ほほえ》んだ彼女の姿は部屋に吸い込まれ、青年もまた建物に招き入れられた。
五、六分かそのくらいだったろうか。ごくみじかい会見の後、ピアノ弾きはさっき以上に赤くなったり青くなったりしながら建物から出てきた。
「そういえば彼女のことだけは皆エレンディラと名前で呼ぶんだな」とかそんなようなことをぼんやり考えながら、青年は蹌踉《そうろう》と市場へと向かった。

そして翌日からエレンディラの姿は消え、ピアノ弾きは何日かよるべない気持ちを持て余した後、唐突に工場長に呼び出されることになる。

「エレンディラが卵を生んだ。君は男だと思うかね、女だと思うかね」

途方に暮れる青年に、工場長は問いかけたのだった。四半世紀ほど前になろうか。これが今の工場長の甥の叔父にあたる工場長である。

「で、そのときのピアノ弾きが、わたしの父なんですよ」

チェロ弾きの静かな声が店内に響き、時計屋の首はちょっと口を開けたがすぐに閉じて奇妙に満足げな顔をした。

「ああ、確かにピアノ弾きは童貞じゃなかったわけだ」

5

窓を背にしたチェロ弾きの表情はよく判《わか》らなかった。芽月《めづき》の太陽が傾きはじめた刻限のことで、店内はすでに薄暗くなりかけていたが、誰も灯《あか》りを点《つ》ける気はないようだった。

「電気は点かないよ。料金未納で止められてるから」

やまねが眠そうに教えてくれた。

それでは仕方がない。だいたいガスの次に電気が止まるのだ。水道は住人の生死を左右するからなのかけっこう待ってくれるものである。ただ、それも二十年以上前の話だから、今は知らない。

「わたしが生まれ育ったピアノ弾きの家も、やっぱりほとんど電気が止まっていたんです」

チェロ弾きが懐《なつ》かしそうにせちがらい話を回想する。

「暗くちゃ譜面が読めなかろう」

「だいたいの曲は手が覚えていたようですが、新しい曲を弾く必要があるときはロウソクを灯《とも》してましたね。おかげで父はものすごく目が悪くなりました。自分の奥さんと駄菓子屋の娘をたびたび間違えてたぐらいです。ましてや息子の顔なんて」

「おやおや」

「わたしの代わりに猫を三回、つけもの石を一回、幼稚園に連れて行きました」

「つけもの石は重たかったのでは」

「ええ。すっかり商売道具の手を痛めてしまい、しばらく仕事になりませんでした」

「そんなだから電気も止まるんだ」

「駄菓子屋の娘も奥さんの代わりに何回か家に連れて帰って来ました」

半分寝ながら相手をしていたやまねが目を見開く。

「そりゃ父ちゃんはあれだけど連れて来られる娘も相当だな」

「むやみに大きなマルメロの木が植わってる駄菓子屋だろう。あすこの娘は変わり者なんだ。いちどわしの店に病気のネコモドキを連れてきて修繕して欲しいと言ったことがある」

隙をみて話に割り込む時計屋の首にやまねが突っ込む。

「時計も直せやしない時計屋にかい」

「やかましい。ネコモドキは乗り物酔いっぽかったんで、ジフェンヒドラミンを処方して治してやった。文句はあるまい」

「ネコモドキって何ですか」

チェロ弾きの青年が素朴な疑問を口にする。

「駄菓子屋の娘が連れてなかったかい。正体のよく判らない、なんだかもさもさした動物だ」

そんな説明では特に理解は深まらない。

「とりあえず鼻炎の薬は効いた。飲んだあとはぐうぐう寝ていたが」

「眠くなる副作用を利用して市販の睡眠導入剤の主成分になったりしてますからね、ジフェンヒドラミン」

「えっ、待てよ」

やまねが珍しく鋭い声を上げた。

「それ、いつもおいらが処方してもらってるやつじゃないか。眠くなるなんて聞いてないぞ」

「しかし遅いな、彼は」

「そういえば待ってる間にひと勝負するんじゃなかったっけ」

時計屋の首の話の逸らせ方があんまり露骨だもので、やまねもうっかり乗ってしまった。元来あまり脳みその大きい動物ではないので仕方がない。

「うん、そうだった。この呼び出しを受けてからずっと考えていたことがあってな」

「何です」

まんまと話の主導権を取り返し、余裕の表情で首が昂然《こうぜん》と言い放つ。

「レオノーラの生んだ卵のな。父親って誰だと思う」

そしてお前らも気になってるんだろうという顔で一座を見渡した。

台所の方で誰かが灯したロウソクが、ぼんやりと男たちの顔を照らしている。

「いやそれ、勝負でもなんでもないですか。答えがこの場で判るとは思えませんし、もし仮に判ったとしても、正解者に何の得があるんですか」

チェロ弾きが憤然と抗議する。

「だいいち話題として下世話ですよ、そんなの」

「ああ、なるほど。面白いねえ」

時計屋の首はくつくつと顎関節《がくかんせつ》を軋《きし》ませて笑った。

「君の親父《おやじ》さんもな、同じことを言ってたんだよ。血は争えないものだ」

6

「すみません、仰《おつしや》ることの意味がよく判らないのですが」

ピアノ弾きは工場長の前で表情を強張《こわば》らせた。

「うん。あのな。論点はふたつあるんだ」

説明をはじめる工場長はなにかどこかで見た人間でないものに似ている気がしたが、どうにも思い出せなかった。

「生まれてくるのは男か女か、そして、その父親は誰か。この二点がはっきりしないことには、俺としても態度を決めかねるわけなのよ。判るだろ」

そういえば学生時代のサークルの友人は電車に似ていた。対象の中に両目と口にあたる点を見《み》出《いだ》すと人は顔だと認識するもので、これをシミュラクラ現象という。確かに工場長の顔のパーツは人間のそれよりもっと無機的な何かを連想させるものがあった。

「男の子だったら、俺が引き取って後継者にする。未来の工場長だ。しかし」

雨樋《あまどい》？　いや、違うかな。だけど口元が、何かを吐き出している筒っぽい。あまり綺麗《きれい》なものじゃない何かを。

「女の子なら、俺の知ったこっちゃない。実の父親に引き取ってもらう。それがものの道理だとは思わないかね」

ああ、判った。アパートメントの裏に流れるどぶ川に注《そそ》ぐ排水口だ。この顔は、この言葉は。

ピアノ弾きはつとめて冷静に言った。

「エレンディラ自身は、何て言ってるんですか」

排水口は話にならんという顔で右手を振った。

「あれは今、卵を孵《かえ》すのに忙しい」

ピアノ弾きはもう排水口との会話を切り上げたくて堪《たま》らなかったが、一方的に席を立って帰れる立場ではない。街の基幹産業を支える長《おさ》は徒《あだ》や疎《おろそ》かにはできない存在である。排水口に似ているからという理由で会談を打ち切る権限は、ピアノ弾きには無かった。

「……お話の内容は判りました。ですが、それとわたしに何の関係があるのでしょうか」

○ 2 ○

「あはあ」

排水口の口が耳まで裂けたように見えた。器用な排水口である。

「判らない。そうか、関係ないと言い張るつもりなのだな、貴様は」

うわ、貴様って言われたよ。漢字だとすごい尊敬してるふうだけど絶対ちがうんだよなこれ。

しかし続けて工場長が発した言葉に、青年は耳を疑った。

「俺は見たんだよ、貴様とエレンディラが仲良さげに話してるのを」

ピアノ弾きの口がまんまるに開いた。こちらはそれこそ雨樋に近い。排水口と雨樋の対決である。無理もない。童貞疑惑を抱《いだ》かれこそすれ、浮いた噂《うわさ》のたぐいとはほぼ無縁だった自分が、まかり間違って嫉妬の対象になっているらしい。一時的に開いた口を塞ぐ術《すべ》を失ったとしても仕方がない。

いや、まったく身に覚えがないとは言わない。先日の慌ただしい逢瀬《おうせ》を思い出して、青年の頬は我知らず緩んだ。だけど、ほんとにあの、たった一度きり。

「何をニヤニヤ笑ってるんだ。そんなに俺が可笑《おか》しいか」

「そんな。違いますよ」

赤くなったり青くなったり、お得意の点滅を繰り返しながら、それでもピアノ弾きは相手の目に本気を見て取った。狂気に近い本気である。そして唐突に彼は理解した。

この男は、気が狂いそうなほどエレンディラを愛している。

7

「生まれてくる子供が女なら知らないが、男だったら自分の後継者にする」

四半世紀の昔を振り返って、時計屋の首はぷうと煙を吐き出した。

「工場長の言い分は、身勝手なようで実は彼なりに相当な覚悟だった。地位も立場もある人間が、誰の種とも知れない娼婦の子供を場合によっては引き取って育てようって言うんだからね」

「だけどさあ」やまねが指摘する。

「何分の一かは判らないけど自分の子供である可能性もあるんだから、まあ、そう思い込めばいいんじゃないの」

首は何も言わず、ただ奇妙な表情でやまねを見た。彼の代わりに片手を挙げて補足したのは、チェロ弾きの青年である。

「工場長が父親である可能性はなかったんです。彼には身に覚えがなかった」

「へ？」

「ほう」時計屋の首の目が細くなった。

「君の親父さんは気づいていたのか」

青年はちょっと肩を竦《すく》めてから、徐《おもむ》ろに頷《うなず》いた。

「工場長のところから帰ってきたときに、そう話していたと駄菓子屋の娘に聞きました」

「また連れて帰ったんだ」

「父が撃たれたあと、わたしを育ててくれたのは駄菓子屋の娘ですから。もうとうに娘って歳《とし》じゃないですけど、とりあえず駄菓子屋が存命なので、扱いとしては未《いま》だに娘です」

「親の職業はほぼ名跡《みょうせき》だからな、この街では」

「撃たれた」やまねが聞き咎めた。「ピアノ弾きが」

「ええ、この店で」

やまねは眠そうに例の貼り紙を見上げ、時計屋の首はせわしなく煙を吐き続けている。

「その頃わたしはせいぜい幼稚園を出るか出ないか程度の子供でしたが、前後のできごとはさんざ駄菓子屋の娘に聞かされました。

工場長との会見の後、父はしばらくしてこの店に呼び出され、撃たれました。出かける間際に、勝負に行ってくるんだと言い残して」

なおも煙を吐く時計屋の首はなんだかもう煙突のようであった。煙突煙突煙突踏切、煙突踏切煙突、踏切鉄橋煙突。街にひとつしかない鉄橋から、エレンディラは身を投げた。レオノーラは駄菓子屋の娘に引き取られ、育てられた。

「この店で父が撃たれたときに、どんな勝負が行われていたか知りたいと思いました。だから」

「工場長の甥の呼び出しに応じた」

「そうだ。俺もそれが知りたかった」

台所の方でけだるい声が上がり、ロウソクの灯りの中に若い男の影が浮かび上がった。

他ならぬ工場長の甥である。

「二十五年前のその日、叔父が呼び出した男は三人。ピアノ弾きと時計屋、そしてやまね、あんたもその場にいたんだよな。長生きな鼠だ」

「いたっけなあ」眠そうな答えが返ってくる。

「よく眠るのが長生きのヒケツだって、赤木《あかぎ》しげる先生も仰《おお》せだからなあ。あれ、水木《みずき》だっけ、斉木《さいき》だっけ」

「あんたの記憶は当てにはならんね」

工場長の甥は、白い歯を見せて笑った。

「ここはひとつ、時計屋の首に教えてもらおうと思う。答えろ。この場所で、四半世紀前に何があった」

煙に霞《かす》む時計屋の首は、そのときたしかに笑っていたように思う。

8

その日は朝から小雨模様だった。

どうしても行かなければいけないのか。息子はまだ幼いし貴方《あなた》はろくに顔も覚えていない。工場長は恐ろしい人だ。生きて帰れる保証はない。自分をピアノ弾きの妻から未亡人にランクダウンさせるつもりなのか。

息子の顔については覚えていないのではなく、よく見えていないだけだ。そしてピアノ弾きの妻と未亡人ではおそらくランクは大して変わらない、事によると後者の方が箔《はく》が付く分偉い可能性まである。

頼りない反論をしながら、ピアノ弾きはしかしひとつだけはっきりと言い切った。

「工場長は確かにどぶ川に注ぐ排水口みたいな顔だが、わたしは信用してるんだ。今回に関しては」

「なぜ？」

「あの人には、たぶんわたしと同じ血が流れている」

青年は優しく笑うと息子の頭をぽんぽんと叩《たた》き、改めて妻に別れを告げた。

「もしわたしに何かあったら、駄菓子屋を頼りなさい。じゃ、行ってきます」

「人間なんだからそりゃ似たような血は流れてるでしょう。排水じゃなく」

ピアノ弾きの比喩表現は妻に通じなかったが、判らなくていいところだから構うまい。

工場長を自分と同種の人間だと判断した理由は、エレンディラに対する姿勢だった。青年は確信していた。あの奔放な聖女を、彼はピアノ弾きと同じようにとても大切に思っている。かけがえのないアニマとして、手を出すことなど出来はしない。求められたら別だけど。ピアノ弾きはまた頬を赤らめる。

指定された店に向かう途中、エレンディラの住んでいたアパートメントの横に立ち止まり、彼は懐かしく窓を見上げた。煙突煙突煙突踏切、煙突踏切煙突、踏切鉄橋煙突。おはよう童貞くん、と彼女は言ったっけ。

やや足を速めて撞球場に着くと、他の者はすでに揃《そろ》っていた。ピアノ弾きが卓に就くのを待って、工場長が口を開く。

「では、今回の勝負の説明をしよう。ルールは簡単だ。エレンディラの生んだ卵が男か女か、俺を含めた四人で賭ける」

「勝った者は何を得るのかね」と時計屋。

工場長はちらりと冷めた目でそちらを見て、答えた。

「それはな。生まれてくる子供に関する、一切の権利だよ」

「なんだと。それのどこが勝者の報酬なんだ。要《い》らん責任を背負《しょ》い込まされるだけじゃないか」

時計屋は声を荒らげて立ち上がった。

「馬鹿馬鹿しい。帰らせてもらう」

「座りたまえ」

鞭《むち》のような声で言い放った工場長の手に握られたピストルが鈍く光っている。

「正気か」

「なんならルールを変更してロシアンルーレットにしても良いんだぜ」

「あれはリボルバーでやるものだ。それオートマチックだろうが、弾丸が自動装塡される。絶対死ぬぞ」

「アメリカで実際にセミオートマの拳銃でやって死んだ例がある。愚かしい行為で死んだ人に贈られるダーウィン賞にノミネートされたが、次点に終わった」

傍《そば》で聞いていたピアノ弾きはくすくす笑ったが、当の時計屋は死人のような顔色で席に戻った。

「俺としては何物にも代えがたい名誉だと思うがな。まあ、重大な責任を伴うのは認めよう。そこで、副賞としてこの街の市長の座をつける。前の市長が先月亡くなって空席だからな。選挙は十月だがどうせ出来レースさ。キャスティングボートを俺が握っているのは皆も承知の通りだ」

「……判った」

時計屋が頷く。ずいぶんすぐ理解するものだなあとピアノ弾きは感心する。

「じゃあ、あとひとつ。このメンバーが選ばれた理由を聞かせて欲しい」

9

「昔読んだ小説に、妻の浮気相手を探すために街の選《よ》りすぐりの色男を集めてパーティーを催す話がありましたよ」

チェロ弾きが言うと、時計屋の首はなんとも言えない顔で頷いた。

「工場長が考えたのも似たようなことだった。エレンディラの子供の、父親の可能性がある人間を絞り込んだ。それに加えて」

工場長の甥の顔をちらりと見た。

「自分も含めた『父親になってもいい人間』を足して四人にしたのさ」

「ああ、そういう面子《メンツ》だったのか」やまねが呟く。

「お前、あの場で聞いてなかったのか」首があまりのことに突っ込む。

「聞いたかもしれないけど忘れた」

「その睡眠魔獣には構わず話を続けた方がいい」工場長の甥が催促する。時計屋の首は溜息をつくと回想に戻った。

「工場長はああ見えて母子の幸せを第一に考えておった。エレンディラが身ごもった時点で、何とかしてやりたいと思ったのだが、どうするのが彼女にとっていちばんいいのか判らない。エレンディラ自身は黙って卵を温めているだけで何も語らない。さんざん考えあぐねた結果、神意に頼るという結論に辿《たど》り着いた」

偶然は古来、上位の存在による導きとされてきた。困ったときの神頼み。ひとは自らの来し方に迷ったとき、しばしば賽子《さいころ》を投げてその出た目に委ねようとする。それが神の判断なのだから仕方がない。

「体《てい》のいい思考停止だけどな」工場長の甥が自嘲気味に巻き毛をかき上げた。

「四人のうち最も神に愛された者に、自分の愛するものを委ねようと考えた。工場長が用意したのは、そういう勝負の場だった」

「なるほど、勝者に与えられるものは判りました」

チェロ弾きが頷く。

「では、敗者の扱いはどうだったのですか」

「神に見放されし者として」時計屋の首は厳《おごそ》かに言った。

「その運命は勝者に一任されたのさ」

「はあ」

呆《あき》れ顔で口を挟んだのは工場長の甥である。

「負けた日にゃどんな目に遭わされるか判ったもんじゃない。リターンの割にリスクが高すぎる。そんな勝負がよく成立したな」

「呼び出しに応じてしまった時点で、後戻りは出来なかったからな。それに」

首は薄い唇をすこし歪《ゆが》めて笑った。

「勝って得られるささやかな栄誉より、負けて失うかもしれないものの大きさに惹《ひ》かれてしまうこともあるだろう、勝負師は」

「そうだな」

工場長の甥は時計屋に背を向けていた。チェロ弾きが覗《のぞ》き込むと、青年はロウソクの灯《ひ》に惹かれて飛び込んでゆく蛾《が》を見つめているのだった。

じゃっと音を立てて、蛾が燃えた。

「……ずっと気になってるんですが」

と、チェロ弾き。

「何だね」

「生まれてくるのが男か女かって二択に、四人がどうやって乗ったんですか。二対二や一対三になったらどうするんです」

「ああ、それは簡単だ」

工場長の甥が答えた。

「AかBか、という問題の選択肢は必ずしもふたつじゃない」

10

コインを投げよう、表か裏か。

四人のろくでなしが賭けをした。

「ぼくは表だ」とひとりめが言った。

「わたしは裏ね」とふたりめが言った。

「表と裏だよ」とさんにんめ。

最後のひとりが「どちらでもないね」。

11

「わたしは『男であり女でもある』に乗ります」

ぱちんと音を立てて、ピアノ弾きが意思表示のチップを卓のうえに置いた。

○ 3 ○

「なんだ、それは」

時計屋がぐいっと彼を睨《ね》めつける。工場長は黙したままだ。青年はしずかに笑うと時計屋の疑問に答えた。

「古来、天使は両性具有だと聞きますから」

「ふうん」

勝手にしろという顔で時計屋はそっぽを向いた。

この男に子供の父親が務まると工場長が考える筈はない。でっぷり肥《ふと》った血色のよい精密機械商は、要するにエレンディラの「客」なのだ、不愉快なことに。ピアノ弾きもまた顔を背けた。

「この結果は、いつ判るのかね」

いらいらと時計屋が声を上げる。対して、事ここに至って工場長は落ち着き払っていた。

「たぶん、もうじきだ」

「え」

自分と工場長は子供の父親ではない。だから、残りのふたりのどちらかが、そうなのだ。考えたくないけれど。ピアノ弾きはにがい笑みを浮かべた。いや、判らないぞ。聖母は処女懐胎して天使を生むかもしれない。

ややあって、ばたんと店の扉が開いて誰かの細い声が聞こえた。

「生まれたよ」

男たちがいっせいにそちらを見る。声の主は床の上をのそのそと歩み寄ると、卓の上に這《は》い上がった。そして、改めて宣言した。

「生まれた、エレンディラの子供」

「そうか」

工場長の顔が一瞬、緩んだように見えた。

「それで、男だったか、女だったか」

吉報の伝令はしかし、すぐには答えずに小首をかしげて目を閉じた。

「うーん……」

男たちはじりじりして待っていたが、返事はない。やがて工場長が、かれが眠っていることに気づいた。

「こらっ。起きろ、やまね！」

「ああ、失礼」

やまねは咳払《せきばら》いをして向き直った。

「男でもあり女でもあり……どちらでもない、とも言えるかも」

「なんだ、それは」いらだたしげに時計屋が喚《わめ》く。

やまねはぼそっと回答を告げた。

「双子なんだ、男と女の」

卓に就いていた四人の男たちが固まる。

皆はピアノ弾きの顔を見、次に僕の顔を見た。

『男でも女でもない』に賭けた、駄菓子屋の顔を。

12

「あとはお前が話したらどうだ。駄菓子屋、いや、市長」

時計屋の首が、奥のカウンターに座っていた僕に声を掛けた。傍観者を決め込んでいたかったが仕方ない。旧《ふる》い記憶を掘り起こしますかね。

「そうだねえ」

あのとき、工場長は男、時計屋が女、ピアノ弾きが男と女、と順番に賭けていった。必然的に、僕は最後の可能性を選ぶことになった。残りものを引かされた形だが、生まれなくてもいいんじゃないかと思っていたので、あながち不本意なわけでもない。

結果としては、男と女両方が生まれたのだから、やまねはああ言ったけれども賭けはピアノ弾きの勝ちだろうと思った。約束通り、僕らの運命は彼に委ねればいい。

しかし、くだんのルールを提唱した当人であるはずの工場長はそうは考えなかった。神意は彼を選ばなかった。自分に父親の資格はない。彼がこの勝負に賭けたものは、他の面子よりはるかに大きな人生の選択だった。

賭けに負けた男は、手にしていたピストルをのろのろと自分に向けた。

「あっ、何をするんです」

とっさにピアノ弾きが飛びかかり、ふたりは揉《も》み合いになる。そして銃声が響き、賭けに勝ったはずの男は腹を押さえて床に頽《くずお》れた。

「なんてことを！」

呆然《ぼうぜん》と立ち尽くす時計屋。工場長はピストルを手に床に突っ伏したまま動かない。死の静寂が支配する店内に、瀕死《ひんし》の男の凜《りん》とした声が響く。

「ああ、これも神意でしょう。……勝利者として、わたしは命ずる。工場長は、約束通り、男の子の面倒をみてください。時計屋さんには、いっさいの悪い遊びを、止めてもらいます。女の子は……わたしが育てるべき、なのだろうが。どうも、それは無理らしい」

ピアノ弾きは寂《さび》しそうに笑って僕を見た。

「貴方は、厳密な意味では、敗者ではない。駄菓子屋さん。後の一切は、貴方にお任せします。特に、女の子を。ああ……うちの息子も、頼みます」

そして、ピアノ弾きは撃たれて死に、時計屋は叫び声を上げて店から飛び出し、走ってきた車にぶつかって胴体を失ってしまう。もう悪い遊びはできない。工場長は男の子を引き取り、甥として自分の後継者に指名した後に失踪する。エレンディラは鉄橋から飛び降りた。やまねは眠りから覚める気配がない。

ただ、工場長は逐電する前に、次の市長について僕に任せる旨を手配しておいてくれた。それで僕は駄菓子屋兼市長になり、エレンディラの娘とピアノ弾きの息子を引き取って自分の娘に育てさせることになる。

そそくさと語り終えて、僕はカウンターに肘を突いた。

「だいたいそんなところが、あのころの昔ばなしだよ。他に聞きたいことはあるかい」

「あるよ」

エレンディラの息子、工場長の甥が問う。

「俺とレオノーラの父親は、結局誰なんだ」

13

「ああ、それは」

時計屋の首と顔を見合わせて、僕は頭《かぶり》を振った。

「ピアノ弾きだと思う」

「そんな」声を上げたのはチェロ弾きだ。

「父は一度っきりしか身に覚えがなかったんですよ、しかも子供が生まれる直前の」

「うん。ただ、エレンディラが生んだのは子供じゃなくて卵だったから」

「そうですけど……」

「鮭《さけ》の繁殖行動を知ってるかい」

時計屋の首が聞く。

「太平洋を何年か回遊した鮭は、産卵のために生まれた川を遡上《そじょう》する。そして相手を見つけると、川底に産卵床をつくって雌が卵を生み、雄が放精して受精する」

工場長の甥が頷いて補足した。

「卵で生まれる生きものには、生んだ後に体外受精する場合があるから」

そうだ。エレンディラは、たった一度の逢瀬で貰《もら》った大切なものを、自分の卵にあたえて、孵《かえ》したのだ。好きな父親の種を宿すことができる、それが彼女の選択だった。

「君のお父さんは、本当に愛されていたのさ」

首だけになってよほど真人間になった時計屋が、チェロ弾きに声をかけた。

「なんだか悔しいけどな」

「ふしぎな人だったなあ、エレンディラは。人なのかな」

やまねがあくびをする。

この街に流れてきた人ならざる彼女を、街の人々は関係性で呼ぶ術を持たず、ゆえに名前を与えた。ガルシア＝マルケスの短編から取ってエレンディラと名付けたのは先代の市長である。

「ふしぎな母娘《おやこ》、というべきじゃないかな」

時計屋の首が紫煙を吹く。

「そろそろ、レオノーラの卵も孵るころだろう。男か女か。あるいは、その両方か」

「賭けはイキなんですか」

「そうだな」

工場長の甥は腕を組んだ。

「俺が男、時計屋の首が女、あんたが両方、駄菓子屋はどちらでもない、でいいかな」

「二十五年前と同じか」にやにやと首が笑う。

「ただし今度はピストルはない。勝った者の言うことを素直に聞こうぜ」

王様ゲームか。

「まあ、いずれにせよ、子供はちゃんと育ててやろう」

「レオノーラが選んだ父親が、誰であっても」

赤くなったり青くなったりしているチェロ弾きをやまねが眠たげに見上げている。

＊　＊

ところで、工場長の甥もレオノーラ同様エレンディラの子供なんだよねえ。

「ああ。だけど、人じゃないっぽいところを探してもむだだぜ」

そういって突き出した掌《てのひら》には、水かきがあるように僕には見えた。

旅人と砂の船が寄る波止場

1

旅人は大きな砂の船が港に入って来るのをぼんやりと見ていた。

最初にその名を聞いたときから、砂の船というのは鮒《ふな》の脛《すね》に似ていると思っている。それはピーテル・ブリューゲルの描く、足の生えた魚から想起される奇怪なイメージだった。

「人魚というのは上半身が人間なればこそ成立する図像であってだな」

万有引力先生は勿体《もったい》ぶって宣言した。

「アンデルセンの人魚姫の顔が魚介類だったら、それは単なるインスマスの住人だ」

「ごめんなさい、その住所知らないです」

冗談の通じない秘書の笛木《ふえき》女史がぶち壊しにかかる。いつものことなので引力先生もとくに動じる気配はない。

北の海に向かって投げやりにはみだした陸地の一角に、ここモリタートの町は位置していた。古くは巨《おお》ハマグリ漁でたいそう栄えた港湾都市であったという。だが今となっては、陽気な船ねずみや野良猫たちの憩いの場でしかない。要はこの町も、繁栄という名の汚損に忘れられた倖《しあわ》せな片田舎のひとつなのだった。

そんな鄙《ひな》びた波止場を見おろす煉瓦《れんが》造りの建物の一室に、万有引力先生は事務所を構えていた。

「巨ハマグリって、ウチムラサキ貝ですか。だったら大アサリと呼んだ方が妥当です。ハマグリ

○ 4 ○

ではありません。アサリでもないのですが」

「ウチムラサキ貝って、ラッコの餌にするやつだろ。違うんじゃないかな」

思いがけず逆襲を食らって、笛木秘書がタイピングの手を止めた。片眉を上げ、ふしぎそうにこの町の生き字引であり博物学界にその人ありと知られた大叔父《おおおじ》の顔を見上げる。

頃合いを見計らって旅人が口を挟んだ。

「巨ハマグリはもうずいぶん前に居なくなってしまったと聞きますね」

碩学《せきがく》引力先生は頷《うなず》いた。

「巨ハマグリが絶滅の危機に瀕《ひん》していると聞いた博物学者たちは、大挙してモリタートに採集に訪れた。最後の一頭の標本は奇《く》しくも我が所蔵品なりと世界中にドヤ顔をしてみせるために」

笛木秘書の優しくキーを叩《たた》く音が正午すぎの事務所内におだやかな眠気を運ぶ。

「かつて巨ハマグリ漁に従事していた者たちはとうにその職を失っていたが、時ならぬ数奇者《すきもの》たちの襲来にたちまち色めき立ち、町は俄《にわ》かに活気を帯びた」

旅人は幼い頃に目にした往時の景色をぼんやりと思い出していた。

海岸へと連なる灰色の家並はあの頃奇態な虹色に塗りたくられており、軒先にぶら下がる稚拙な貝細工は土産物《みやげもの》としてそこそこ人気があるようだった。賑々《にぎにぎ》しい色彩は時折あらわれる蜃気楼《しんきろう》をイメージしたものだ、と土産物屋の女将《おかみ》は訳知り顔に語っていた。

モリタートは採集者向けの観光地として再生した。ごく一時的に。

女たちは訪問者たちを歓待し金品をねだり、男たちは彼らの金に糸目をつけぬ依頼に応じて海に潜りあるいは浜辺を漁《あさ》った。

「質問」

笛木女史が小さく挙手した。

「その活気、巨ハマグリ採り尽くしたら終わるんと違いますか。絶滅寸前だったんでしょう」

「せやねん」

引力先生も釣られて関西弁で頷く。

「せやけど、たとえば五年や十年先を見据えてハマグリの保護を考えるような余裕は、もうその頃のモリタートには無かった」

長期的なヴィジョンというものはあくまで基礎となる貯《たくわ》えがあって成立する。明日のご飯を確保するのが精一杯な連中に要求するのはいかにも酷な話だ。

とはいえ、夜を徹して探し回った挙句《あげく》に一粒の貝も見つからないような日々が続くと、人々は否応《いやおう》なしに終焉《しゅうえん》の近いことを意識せざるを得なくなった。

ふたたび秘書が興味をうしない、引力先生もまた口を噤《つぐ》んでしまったので旅人はひとりで昔を懐《なつ》かしむ。そうだ、砂の船が初めてその姿を現したのはだいたいそんな時代だった。

2

砂の船というのは通称である。

それは実際には途方もなく重たい金属製の象を思わせる奇妙な作業船で、海上にきわめて傲然《ごうぜん》と屹立《きつりつ》し、かたつむり並の速度でずるずると移動するのだった。

旅人の目の前で今しも巨大な船舶は海底の岩盤を砕いてなにものかを採取し、残った土砂をダクトから排出しようとしていた。

砂を吐くから砂の船である。排土ダクトを出水管に見立てれば、超弩《ど》級のハマグリみたいな存在であると言えなくもない。実際、砂の船は巨ハマグリの遺影めいた雰囲気をその巨体に宿していた。

というのも、これは当時モリタートの利権を独占していた北洋頭脳商會《ほくようずのうしょうかい》が、巨ハマグリブームが頭打ちになることを見越して手回しよく建造した海上基地に他ならないからである。もっともその作業の目的は固く秘されており、社外の人間はもちろん商會内部でもごく一部の幹部しか把握していなかった。

両舷から伸びた何本もの煤《すす》けた太い管は、猫がえずくようにぎこちなく蠢《うごめ》くと大量の細かい砂礫《されき》をおえっと排出した。

「だいぶポンコツになってきましたな」

旅人の視線を追って先生が言葉をかける。

「メンテナンスはしてないのですか？」

「おや。砂の船が今どうなっているのかご存知ありませんか」

「あそこで作業をしてるじゃありませんか」

「ふうむ」

「ちょっといいですか」

秘書がふと口を挟む。

「お客さんはマリイ・セレスト号という船をご存知ですか」

「え。マリイ・セレスト号事件の、ですか？　海難事故史上最大の謎のひとつと言われる」

一八七二年十一月、帆船《はんせん》マリイ・セレスト号は船長以下十人の乗員と積荷を載せてニューヨークを出航。そして一か月後の十二月四日、無人の状態で海上を漂流しているところを発見されている。

「発見当時、食べかけの食事や航海日誌がそのままになっている……まるで人間だけが突然消えてしまったような状態だったと」

「あー、それは俗説です」

冷静なる笛木女史はにべもない。

「多くは想像力の豊かな語り手たちが話を盛りました。ホームズ物語の作者であるサー・アーサー・コナン・ドイルもその一人です」

「作品『ジェ・ハバカク・ジェフスンの遺書』で、ドイルは事件の謎解きを試みた」

引力先生が引き取る。

「彼の推理はほぼ創作だが、彼をしてあれを書かしめたのはやはり当該事件の持つ怪奇性だと言える」

「はい。詳細はともかく、発見当時マリイ・セレスト号は十分に航行可能な状況でした。そのような船舶が出航わずか一か月で海上に遺棄されていた理由と十人の乗員の行方《ゆくえ》は、今に至るまでまったく不明なのです」

「はあ」

旅人はしばし呆《ほう》けていたが、秘書が唐突にそんな話を持ち出した理由にふと思い当たり、眉を顰《ひそ》めた。

「えっ」

「いかにも」

引力先生が頷いた。

「砂の船には現在、人間は誰も乗っていない。無人です。皆、消えてしまった」

3

その日の朝、砂の船は港を出てのろのろと沖に出て行ったという。波止場の駐在所に勤務するジムモリソン巡査の証言は以下の通りである。

本官はその日はだいたいぐうぐう寝ておりました。はあ、夜勤の警官がなぜ寝ているのかとお尋ねでありますか。それは、眠いからです。眠いときは寝るものだと婆《ばあ》さまに教わりませんでしたか。教わりませんでしたか。それでは仕方ない。

とにかく当日は起こしてくれないものだからこれはとくに用事はないものと判断し、極力ベッドから出ないようにしておりました。するとどうでしょう、日が暮れようとしているではありませんか。はあ、そうです。かれこれ三十時間ほど寝ておりました。平和な町というのは良いですなあ。

それなのにいきなり悲鳴が聞こえたのであります。キャーとかギャーとかひええとか表が大層騒がしい。迷惑なと思いましたが、職務に対する責任感から本官は敢然と立ち上がりました。ええ、ベッドからです。

「巡査の証言はくどいので端折《はしょ》りましょう」

秘書の簡にして要を得た説明によると、このとき町の住人たちは時ならぬ閃光《せんこう》に目を焼かれて恐慌状態に陥っていたのである。

屋内にいた者たちは軽症で済んだが、直接その光を浴びたひとびとは全員が一時的に失明状態になった。そして数時間を経てやはりのろのろと港に帰ってきた砂の船に、乗員たちの姿はなかった。

「それだけです。いったい砂の船に何が起こったのか、謎の閃光はなんだったのか、まるでわかっていません。しかし砂の船はずっと無人のまま操業を続けているのです」

最初で最後の有人航行となったあの日、砂の船は商會の主《おも》だった面々を乗せていた。彼らの失踪によって組織はその機能を停止、ほどなく解散に至る。同時に「虹色の春」と呼ばれたモリタートの繁栄も終息に向かい、緩やかに滅びへの道を歩みはじめたのだった。

「その日、船には市長やら商工会長やら軍部の偉いさんやらも乗っていた」

引力先生はどっこいしょと立ち上がると埃《ほこり》をかぶったピアノに近寄り、蓋を開けた。

「ピアノの鍵盤を叩いて出るひとつの音は、アタック（打撃）・ディケイ（減衰）・サステイン（持続）・リリース（解放）の四つのパラメータで構成される」

空中に音圧の推移を示すエンベロープカーブの図を書いて見せる。

「ピアノは弾かないの」

笛木秘書が指摘するが先生は無視して蓋を閉めた。おそらく弾けやしないのだろうと旅人は推察する。

「この町はすでに長ーいリリースの時期に入っており、眠ったままだんだん消えてゆくのですな。幸せな終わり方かもしれん」

「困るなあ」

秘書が呟《つぶや》く。先生はおやという顔で親類の若い娘を見つめた。大叔父に対応する表現は大姪《おおめい》、あるいは又姪《まためい》とか姪孫《てっそん》というのだがあまり聞かないし、先生もそんなふうに思ってはいない。印象としてほぼ孫娘だ。そして母子家庭に育った彼女にとっては父親代わりでもあった。

「先生は老い先短い身やさかいええかもしれんけど、うちらまだ未来があるから。このまま落日の港町と心中する気はないの」

「えらい言われようやな」

「それに」

笛木秘書は改めて旅人の方に向き直った。

「このひと砂の船のこと調べに来たと思うんだ、私。ちがう?」

ぶおおおおん。雄叫《おたけ》びは正しく砂の船から響き渡る汽笛に相違なかった。この構造物は確かにマックス・エルンストの描く奇怪な象に似ている。そんなことを考えながら、旅人は薄い唇を歪《ゆが》めて微笑《ほほえ》んだ。

「ええ。私はそのために来ました。砂の船の謎を解きに」

ぶおおおおおん。おおん。

象は相変わらず悲しげな声で哭《な》く。

4

横着先生はその通り名に反し、だいたい名医であるとの評判だった。

「横着であることと医学的な技倆《ぎりよう》の有無に因果関係はない。むしろ余計なことをしたがらない合理的思考の体現者なのであるからして、横着なる精神こそが名医の条件であるとも言える。ああ無駄なことをたくさん喋《しやべ》ってしまった。君たちのせいだ帰ってくれ」

「今来たとこや」

笛木秘書はこの手の面倒くさい爺《じじ》いの扱いには慣れている。とりあえず任せておこうと旅人は思った。

　横着先生の診療所は引力先生の事務所からそう遠くはない。謎解きの手始めは近所からで十分だろうというのは引力先生の判断だった。こちらの先生もたいがい横着である。

　医者の方の横着先生はひょろひょろと縦に長い、どことなく丹頂鶴《たんちょうづる》を思わせる老人であった。丹頂の頭頂が赤いのは羽毛がなくて地肌が露出しているので、要するに禿《はげ》である。横着先生もまた丹頂よろしく禿頭であった。

　つるつる頭を撫《な》でてあげながら先生がいう。

「非常に強い光刺激を受けると、視細胞が焼けてしまう。あの日に俺が診た患者たちは、すべてそういう症例だった」

「砂の船の乗員が失踪した当日ですね」

「そうだ。似たケースとしては大量の流星雨を目撃した人々が失明し、その隙を突いて変てこな植物が歩き回って片っ端から人間を襲ったという話を聞いたことがあるが」

「私は聞いたことないです。患者たちはそのときのことを何か言ってましたか」

　しれっと流されてやや不満げな面持《おもも》ちの先生が答える。

「ああ。虹。虹を見た、と」

「虹……。一時的に視力を奪うような？」

「蜃気楼でしょうか」

　かつて店先を彩《いろど》っていた虹色の土産物を思い出しながら、旅人が口を挟んだ。あの頃、蜃気楼をイメージしたものだと女将は嘯《うそぶ》いてはいなかったか。

「蜃気楼の光などたかが知れている。視覚障害を起こすようなことはない。彼らは確かに虹に似た強い閃光を見、目を焼かれたのだ」

「先生はなぜ平気だったんです？」

「俺か。俺はその時間ちょうど『どきどき目隠しオペ』に興じていて問題の光を見ていない。物好きな手練《てだ》れの外科医たちが集まり、各々《おのおの》〝にわか面〟を着けてむつかしい手術の腕を競うのだ。どきどきするだろう」

「旅人さんごめん。この先生あほや」

「執刀の最中に悲鳴がするものだから、手が滑って白内障メスでストレイカー君の脛を傷つけてしまったよ。残念だ」

「ストレイカー君て誰」

「ああ、そうだ。悲鳴の話で思い出した」

半ば愛想を尽かして帰り支度を始めかけていた笛木秘書の動きが止まる。

「視覚障害を起こした患者たちは、虹色の閃光と同時に大きな音を聞いている」

それは恰《あたか》も硬いものが砕けるようなかあんという高音の響きだったという。

ぶおんと悲しげな声で砂の船が哭く。

「硬いものが割れて光を発し、ひとびとの目を灼《や》いた」

旅人は笛木秘書に向き直った。

「『貝の火』というお話をご存知ですか」

「宮沢賢治《みやざわけんじ》ですか。ええ、知っています」

女史が頷く。

「ですが。ここであらすじを話すとネタバレになりませんか」

そのようなことに拘泥《こうでい》していると話が進まないので無視して旅人は続けた。

「子兎《こうさぎ》のホモイが貰《もら》った『貝の火』という宝玉は、ついには音を立てて割れてしまう。そしてホモイ自身の目は白く濁《にご》って見えなくなってしまうのです」

そして肩に掛けたサコッシュに手を突っ込むと、コルク栓の嵌《は》まった小さな試験管を取り出して見せた。

「『貝の火』とは、蛋白石《たんぱくせき》。すなわちオパールのことだと言われています」

澄んだ水に満たされた試験管の中には、みごとな遊色を示す小ぶりのオパールの欠片《かけら》が浮き沈みしていた。

「あら綺麗《きれい》」

「まさにこの貝の火こそ、砂の船の謎を解く鍵であると自分は考えているのです」

「なんですって」

「済まんが君たち」

堪《たま》らず横着先生が声を上げる。

「用が済んだのなら帰って貰えないか」

5

「オパールというのは非晶質《ひしょうしつ》あるいは潜晶質《せんしょうしつ》の石英《せきえい》です。石英の結晶というのは水晶なので、乱暴な言い方をするならば水晶になりかけの鉱物ということになる」

引力先生の事務所に戻って来た旅人は、顕微鏡を弄《いじ》りながら語り始めていた。対物レンズの下には、先程の試験管の中のオパールの欠片が固定されている。

「ええと。君たちは謎を解きに出かけたんじゃなかったのか。つい今しがた」

事務所の主である引力先生は、せっかく追い出した相手が思いの外《ほか》早く戻って来たことに対する不満を隠し切れない。

「このようにオパールを顕微鏡で見ると、二酸化珪素《けいそ》の球形の粒が規則正しく並んでいるのがわかる。笛木さんご覧なさい」

女史が素直に眼鏡《めがね》を外して顕微鏡を覗《のぞ》く。若いふたりがなにやら急速に仲良くなったっぽいあたりも万有引力先生は面白くない。基本的に心が狭いのだ。

「ここに光が当たると回折《かいせつ》現象を起こしてさまざまな遊色を示す。これがオパールの美しい色彩の正体なのです」

「そんなことはわしも知っておる」

「もちろんです」

旅人はここに来てにっこりと微笑んだ。

「では、オパールの生成条件についても当然ご存知なわけですよね？」

「む」

引力先生は覚えず息を呑《の》んだ。隙ありとみた秘書がすかさず剣突《けんつく》を食らわす。

「旅人さん困りますね。大叔父様がそれしきのことを知らない筈《はず》がないじゃありませんか。名に し負う万有引力先生ともあろうお方がこんな質問に答えられないようでは、最早《もはや》この事務所は私たちに譲って下さるしか」

「お前そんなキャラだっけか。心配するな。オパールの化学式は$SiO_2 \cdot nH_2O$。すなわち珪酸を多く含んだ熱水によって作られる」

「仰《おつしや》る通りです。そして火山岩中に生成されるケースと、堆積岩《たいせきがん》の中に生じるケースがある。前者はメキシコ産のオパールに代表され、大きな遊色が見られる美しい宝石になる。ただし安定度はやや低い。これに対し堆積岩中にできる場合には、ゆっくり静かに固まり、非常に安定した性質のオパールが作られる」

「オーストラリアで採掘されているものが有名じゃな……。時に」

引力先生は立ち上がった。とくに描写していなかったが座っていたのである。そして不躾《ぶしつけ》な訪問者に対して鋭い視線を投げた。

「旅人君。さっきはただの物静かな客だと思っていたが、帰って来た途端にずいぶん饒舌《じようぜつ》ではないか？　君はいったい何者だ。鉱物学者か、地質学者か。あるいは……」

旅人は片手を上げて先生を制した。

「鉱物学やら何やらはただの道楽です。そうですね。旅人はたまたま本当に私の名前なのです。すなわち生業《なりわい》」

「ほう」

「自己紹介が遅れて申し訳ありません。私は物集旅人《もずめたびと》。物集科学《かがく》の息子です」

万有引力先生は再びどっかと腰を下ろした。

「物集科学。ああ、その名前なら知っている」

「ええ」

有能なる秘書が静かに口を挟んだ。

「砂の船の設計者のひとりですね。私の母、笛木博士と同じく」

「もごもご」

引力先生は口ごもるばかりである。

「十三年前のあの日、母は砂の船に乗ってこの港を出て行った。市長さんや軍部の偉いひとたち、旅人さんのお父様と一緒に。そして、今に至るまで行方がわからない」

「もごご」

「先生」

笛木秘書は大叔父の顔を見つめた。

「先生はこの町の偉いさんのひとりやんな」

関西弁だ。彼女は本気だと旅人は思う。

「あの日、先生も砂の船に招かれたんと違いますか。何か知ってはるんやないですか？」

6

「済まんが君たち」

横着先生が諦《あきら》め気味に抗議の声を上げる。

「なんでウチの診療所に集まるかな」

「静かに」

「はあい」

凜《りん》とした声で爺いを制したのは有能なる笛木秘書である。改めて横着先生の診療室に雁首《がんくび》を揃《そろ》えたのは引力先生と笛木女史、旅人、そして河童《かっぱ》の五人だった。

「河童は？」

「彼は渡し舟の船頭だよ。十三年前は、この港の駐在だった」

「船頭のジムモリソンです」

「くどい証言をしてた巡査じゃないの。河童だったんだ」

「退職した後に船頭に再就職したであります。その後仕様の変更に伴ってタクシーやバスの運転手も経験しましたが、やっぱり舟が一番であります。得意なのは相撲《すもう》です」

「仕様って何。静かに」

「はあい」

「十三年前の冬の日」

旅人が語りはじめる。

「砂の船は要人たちを乗せて出港した。その数時間後、何かが砕ける音と共に閃光がこの海辺の町を襲い、光を見た者の視力を一時的に奪った。やがて砂の船は無人の状態で帰港、そのまま現在に至るまで操業を続けている。ここまで、何か質問はありますか」

「質問はともかく突っ込みどころは満載だ」

横着先生が顔を顰《しか》めて応じる。

「砂の船は何のために要人たちを拉致《らち》したのか。無人で何を操業しているのか。そもそも砂の船って何やねん」

「要人たちは拉致されたわけじゃない。招待されたんです。砂の船の処女航海に」

旅人は一座を見渡した。

「ここに私だけが知っていてまだ皆さんに教えていない事実があります」

「意地悪」

「自分が砂の船の設計者である物集科学の息子であることは先に申し上げました。記念すべき初航海の日、父は要人や関係者と共に船に乗り込み、そして消息を絶ったのです」

「しかし旅人君」

ここまでむっつり口を閉ざしていた万有引力先生が口を挟む。

「砂の船が無人で操業していることを君は知らないふうだったじゃないか。パパンが行方不明になったのに十三年間も放置していたのかね？　それとも猿芝居か」

「本当に知りませんでした。当時、まだ子どもだったんで自分。こう見えて現在ハタチの若造ですから、十三年前はななちゅでちゅ」

「ばぶばぶ」

「母は小さい頃に亡くなってますから、一緒になって探してくれる大人もいない。もちろん、父の消息を知ろうという努力はしました。それで施錠されていた書斎に忍び込み、オパールの欠片と共にしまい込まれた書き置きを見つけたのです」

青年はサコッシュからやや黄ばんだ紙片を取り出し、拡《ひろ》げて見せた。

「引力先生。ここに書かれている言葉と、その意味を皆さんに説明して頂けますか」

大学者は言われるままに嗄《しやが》れた声で読み上げた。

「砂の船＝ウトナピシュティム。

ウトナピシュティムとは古代バビロニアのギルガメシュ叙事詩に出てくる、大洪水を生きのびた男の名前。すなわち」

「旧約聖書におけるノアに該当する人物」

旅人が静かに補足し、引力先生が頷いた。

「そして、砂の船のコードネーム」

「そうです。すると、一緒にしまわれていたオパールの意味するところは何でしょう」

先生は答えず、片眉を上げて旅人青年を見た。青年は視線を外し、話題を転じる。

「一九八七年、オーストラリアのクーバーピディでオパールの発掘に従事していたひとりの鉱夫は、ツルハシの先に通常の石ではない感触を受けました」

笛木秘書が口を挟む。

「彼が掘り当てたのは、オパール化したプリオサウルスの全身化石でした」

「そう。白亜紀に生きた海棲《かいせい》爬《は》虫類《ちゅうるい》は、堆積岩中で珪酸を含む熱水の洗礼を受け続け、一億年以上の時を経てゆっくりその骨格をオパールへと転じていったのです。そして」

青年は父の残したオパールの欠片を取り上げると、皆の前に掲げてみせた。

「爬虫類より以前に、オパール化する生物として知られていたのは貝類の化石でした。これは、そうした貝オパールの欠片なのです。では、その原料となった貝はどこから来たのか」

横着先生が背筋を伸ばして大声を上げる。

「巨ハマグリ！　砂の船の始動するより前のモリタートの基幹産業」

旅人が頷く。

「手札はある程度揃いました。あとは、私たちが実際に砂の船の何たるかを検分するよりないと考えます。船頭さん、ボートを出して頂けますか？」

7

「うみはぁよぉ、うみぃはぁよぉぉぉぉ」

「静かに」

歌い出そうとする河童を秘書が制した。

深夜の水面《みなも》はさざ波ひとつ立たない凪《なぎ》だったが、その分まったく立体感のない、濃い墨を流したような暗闇を茫漠《ぼうばく》と広げている。ボートのスクリューが作る泡だけが、闇の中に暗い嶺《みね》を連ねていた。

「横着先生。蜃気楼の由来をご存知ですか」

「知るもんか」

「だと思いました。はるか水平線に幻の像を浮かべる蜃気楼は光の屈折による現象です。しかし理屈を知らないむかしの人々は、これを巨大なハマグリ（蜃）の吐く気の中にあらわれる楼閣だと考えました。だから蜃気楼」

「またハマグリか」

「ええハマグリです」

ボートの中は昏《くら》く静かだった。無理くりに引きずり出された引力先生はむっつりと黙したままだ。笛木秘書はもとより口数の多い性質《たち》ではなく、彼女に黙れと言われた河童はおとなしく舳先《へさき》に丸くなっている。ひとり医師だけが、この奇妙な捜索隊を提案した旅人と話を続けているばかりである。

「モリタートは巨ハマグリの産地であると共に、蜃気楼の町でもあった。古人が蜃気楼の原因をハマグリに求めたのと、貝の火たるオパールの存在は無縁ではないように私には思えるのです」

「光の屈折が生み出す幻の像が、回折によって遊色を示すオパールを連想させた、とでも言うのかな」

「そんなところです」

旅人は頷いた。

「一見何の変哲もない古い貝を割ったら、中味が虹色に輝く宝石だったときの驚きは想像に難《かた》くない。ましてや生きている貝だったら、幻の楼閣を描く気を吐くぐらいのギミックは備えていようというものです」

現生の巨ハマグリは絶滅への道を辿《たど》ろうとしていた。しかし過去何千何万年もの間この海に生きていた貝たちはずんずん底に降り積もって石となり、やがては珪酸を含んだ熱水の影響を受け、その内側に虹色の蛋白石を抱くようになったのではないでしょうか。そしてそのことに、巨ハマグリを獲《と》り尽くした後の町の在り方を模索していた者たちの誰かが気づいた」

一同は申し合わせたように艫《とも》に腰掛ける万有引力先生の方を見た。月の光にぼんやりと浮かび上がったその顔は、もともと若くはないとはいえ更《さら》に歳《とし》を取ったようであった。

「因《ちな》みに最初に貝オパールを見つけたのは河童氏ではないかと私は思っているんですが」

○6○

　ここまで完全に他人事《ひとごと》だと思っていた船頭が飛び上がり、引力先生が首を縦に振った。

「あの頃ジムモリソン君には私的に貝拾いを頼んでおったのだ。ある日、彼が拾って来た巨ハマグリの化石が貝オパールだった」

「おい、警察官が副業していいのか」

「くぅ……何故《なぜ》見破ったでありますか？　恐ろしい推理力」

「いやほら潜って貝とかひらうの得意かなと思って。河童だし」

「根拠それだけかい」

「ジムモリソン君は拾って来ただけだ。彼に何も罪はない」

「副業はいいのか」

「当時、モリタートの経済状態ははっきり言って破綻寸前だった」

　横着先生の突っ込みを無視して引力先生は重い口を開いた。

「行政は統計上の数値を改竄《かいざん》して調子のいいことを言っていたが、実情は保《も》って良いとこ二年かそこらが精々《せいぜい》といった体《てい》たらくだった。巡査の給料もずいぶん安かったので、副業くらいは大目に見てやってほしい」

「そうだ皆政治が悪いんだ」

「静かに」

「だから巨ハマグリ蛋白石の存在に気づいたとき、これは町を救う一手になるのではないかとわしは考えた。そこで」

引力先生はふと顔を上げて舳先の向こうを睨《にら》んだ。彼の視線の先には、あの奇怪な金属製の巨象がいつもと同じく傲然と聳《そび》え立ち、探索者たちを待ち受けていた。

「旧知の物理学者にして発明家である物集科学氏を呼び寄せ、砂の船の建造に着手した」

河童がエンジンを操作し、速度を緩めたボートが目標物に接舷する。一行は闇の中に佇《たたず》む大きな船に決然と乗り移っていった。

8

甲板から梯子《はしご》を伝って船内に降りる。夜目の利く横着先生を先頭に、皆は薄暗い巨象の胎内を奥へ奥へと進んで行った。

「貝オパールの存在に思い当たった時点で、砂の船の目的は知れました。工場でなく作業船として設計されたのは、沖合に眠る潤沢な鉱脈を効率よく採掘するためですね？」

一行の最後尾で引力先生に問いかけているのは旅人君である。

「なるほど。察しの良さは父上譲りだな」

「首尾よく船は出来上がり、ＶＩＰを乗せて記念すべき処女航海に出た。そこで何事かが出来《しゅったい》し、無人の状態で帰港する」

「いかにも」

「ずっと考えていたのですが」

旅人は薄暗いダンジョンを見渡した。

「貴方《あなた》は砂の船には人間は誰も乗っていない、と言いました。ここで『人間は』という但《ただ》し書きは必要でしょうか。わざわざ断りを入れるからには」

「……」

「この船には現在、人ならざるものが乗っているのではありませんか？」

「うおっ」

ふいに横着先生の奇声が響く。旅人は急いで駆けつけると、開け放たれたドアの向こうに俄《にわ》かには信じがたい奇観を認めた。

「なんじゃこれは」

小学校の体育館ほどもある広々とした空間は、おそらく客室として設《しつら》えたものであったろう。そのぼんやりとした灯《あか》りに照らし出された床一面に、大きくて毛むくじゃらなものがごろんごろん転がっている。

船頭ジムモリソン君が思わず恐怖の叫びを上げた。

「こ、これは……ラッコの化物！」

見よ！　河童の悲鳴に呼応するかのように、いっせいに蠢き出した巨獣たち。のっそり持ち上げた顔のあたりだけが白い毛に覆われている。正しくラッコに違いない。ただ、大きい。ラッコ自体が平均体長一・五メートルと思いのほかデカいのだが、それよりひと回りは大きい。

「いやラッコが河童に化物呼ばわりされる筋合《すじあい》はないのでは」

突っ込みを入れるのは、この期《ご》に及んで冷静さをまったく失わない笛木秘書である。

「旅人君のご指摘の通りだよ」

闇の中から万有引力先生の声が響いた。

「人はどうしても自分の良心に対して『決して嘘《うそ》は言ってない』という弁明を用意したがるものでね。そして有能なる秘書君。巨ハマグリはラッコが割る貝ではないと言ったろう？　巨ハマグリを割るには、通常より大きいサイズのラッコが必要だとは思わんかね」

「通常より大きいとか三倍速いとかそういうレベルで済ます話なんですかこれ」

「いやいや違うだろ」

横着先生がするどく口を挟んだ。

「いくらＸＬサイズだろうがラッコが床の上でごろごろ雑魚《ざこ》寝してたまるものか。そうだろう引力氏？」

「うーん。仕方ないですね」

くぐもった声で返事をしたのは引力先生ではない。ジムモリソン君が血相を変えた。

「わ、わわわ。ラッコが喋った！」

それは全身が真っ白で、ひときわ大きな一頭のラッコであった。仮にノロイと名付けておこう。

「まあ確かに我々はあなた方がよく見知っているラッコではないです。に、しても河童に驚かれる筋合はないと思いますが」

「ですよねえ」

「せっかくのお客様だ。我々の作業場でも案内して差し上げましょう。どうぞこちらへ」

大ラッコのノロイはうっそり起き上がると、のそのそと奥の扉へと移動しはじめた。他のラッコたちも面倒くさそうに後に続く。

9

「笛木さんは蛍石《ほたるいし》、フローライトの名の由来を知っていますか」

ラッコの後に続きながら、旅人が尋ねる。

「ええ。蛍光を発するからだったかと」

「蛍石にはしばしば紫外線を照射することによって強い蛍光を発するものが見られます。そうでなくとも、ほぼすべての蛍石は加熱すると光る。ただし」

「さあ、こちらです」

大ラッコが開けた鋼鉄の扉の向こうに、この異形の船に似つかわしい奇体な装置がそそり立っているのが見えた。

上部は背の高い緑いろの巨大な円筒と十数本のぐにゃぐにゃした触手のようなもので構成され、その下には二十個ばかりの銀いろの漏斗《ろうと》がぐるりと並んでいる。円筒のてっぺんから生えたラッパ状の機構からは、絶えず白煙がぶおおおんと立ち上っていた。

「ふうむ。蒸気機関か」

「世界タービンを利用した、当時としては最新式の機構でした」

ノロイがみじかい手で円筒を指さす。

「ここからは見えませんが船底には頑丈な採掘腕が装備されており、岩盤を掘削。鉱脈をなるべく傷つけない状態で掘り起こして、この『虹の塔』の中に格納します。そしてタンク内部で適当な大きさに破砕された化石は触手によって各ラッコ作業員の手元に送られ、不要な部分を除去されるのです」

「取り除かれた土砂は、例のでかいダクトから排出されるわけだな、なるほど」

横着先生が感心している後ろで、そっと笛木秘書が旅人にお話の続きをせがむ。

「ただし?」

「……ただし、鉱石がはげしく砕け散ることがあるので、加熱の際には注意が必要」

覚えず旅人の答えは場内に響き渡り、耳にした大ラッコが鋭い視線を投げた。青年は怯《ひる》むことなくそちらに向き直る。

「初稼働の日、採掘された大きな岩盤はこの装置の中で急速に加熱された。その結果、大爆発を起こしたのです。虹色の閃光と共に」

「なんと!　ではあの時の患者たちは」

旅人が頷く。

「そうです。砂の船の採掘試験の事故による被害者たちでした。遠く陸の住人の目を灼くほどの強烈な光は、船内では果たしてどんな影響を及ぼしたでしょう」

「ああ、覚えているよ」

大ラッコは目を閉じ、十三年前のできごとに思いを馳《は》せた。

大爆発は『虹の塔』上部を吹き飛ばし、船体に甚大《じんだい》なる被害を及ぼした。噴き上がる黒煙と断続的に光り続ける稲妻のような閃光。顔を覆い逃げ惑う人々の絶叫、そしてばらばらと甲板から暗い海へと落ちてゆく人影。

「ちょっと待って下さい。大爆発って、虹の塔とやらのどこにも傷ひとつ見当たらないんですが」

「そりゃあ、修理したからね」

こともなげにラッコが答えるので、笛木秘書が目を丸くする。

「食肉目イタチ科の禽獣《きんじゅう》が、この装置を修理？」

「ああ、笛木さん」

旅人青年がにこにこと可笑《おか》しげに声をかけた。

「この人は禽獣じゃありませんよ」

「禽獣禽獣言うなや」

大ラッコはぶつぶつ抗議の声をあげると被《かぶ》りものを脱いだ。おお、現れた顔は精悍《せいかん》な壮年男性のそれではないか。そして読者諸兄にはお察しの向きもあろう、その面差《おもざ》しはどこか旅人青年を思わせるものがあった。

「久しぶりですね、父さん」

「旅人か。大きくなったな」

そう。大ラッコの中身こそ、砂の船の設計者たる物集科学博士その人だったのだ。

「そして」

物集博士が一行の奥の方に声をかける。

「こちらも少々ご無沙汰ですな。わが友、万有引力先生」

「ああ。元気そうで何よりだ。しかし、事故の後に君が手ずから『虹の塔』を修理するとは思わなかったよ」

「そうですか？」

物集博士が反駁《はんばく》する。引力先生の表情は闇に沈んで見えない。

「私が船内で装置を再稼働させることも想定内だったんじゃないですか？　貴方のウトナピシュティム計画の」

10

「整理しましょう」

旅人が手を挙げた。

「巨ハマグリの化石がオパール化していることを知った万有引力先生は、その貴重な資源を今後の町の主要産業とするプランを北洋頭脳商會に持ち込みました。ウトナピシュティム計画と名付けられたそれは、専用の船を建造して効率的に採掘するというものでした。

商會と町議会の承認を経て責任者となった引力先生は、物集博士や笛木博士ら有能な人材を集めて船を造り上げました。

そして記念すべき処女航海の日、要人たちを乗せて砂の船は出航。しかし採掘試験において爆発が起き、客たちは巻き込まれて行方不明になってしまった」

「質問」

笛木秘書が手を挙げる。

「物集博士が助かったのは何故でしょうか、そして……」

「大丈夫。私も無事よ」

彼女の近くにいた大ラッコが被りものを脱ぎ、その下から疲れてはいるが端整な女性の笑顔が現れた。秘書の母、笛木博士その人である。

「すごく丈夫な着ぐるみなの、これ。爆発の衝撃も閃光も平気でした」

「その格好でずっと作業してたんだ」

「技術者たちにラッコスーツを着せたのは引力先生の指示ですよね？」

「そうだった」

息子の指摘を父が肯定する。

「つまり、そのような対策が必要であることを予《あらかじ》め知っていた。ラッコの着ぐるみである必然性はよくわかりませんが」

「可愛《かわい》いから良いのでは」

「怖いよ」

「そして事故のあと」

父・物集科学博士が息子の後を引き取る。

「船が帰港した際には、われわれは用意してあった隠し部屋に身を潜めていました。やがて、大爆発の原因は急速な加熱にあると判断した私は、時間をかけて岩盤を分解するシステムを笛木博士と共同で開発し、船を修復。秘密裡《ひみつり》に採掘を続けたのです」

「なぜです」

「それはな」

博士は白い歯を見せて笑った。

「どこか新しい場所で皆が新しい暮らしをしてゆくための貯《たくわ》え、だよ」

「そう。なればこそ、わしはこの船をウトナピシュティムと名付けたのだ」

万有引力先生がゆっくりと歩み出た。

「ギルガメシュ叙事詩に云《い》う。エア神の啓示を受けたウトナピシュティムは船を造り、彼の家族や友人を洪水から守った。わが親愛なる秘書の笛木君や、この町は眠ったまま消えてゆくのだとわしは話しただろう」

「なんかそんなこと言ってましたね」

「種としての寿命を終え、地球の歴史から消えゆこうとする貝。そんな儚《はかな》い生命を貪《むさぼ》って生き

○ 7 ○

永らえようとする姿を目《ま》の当たりにして、わしは思ってしまったのだ。もはや滅ぶべきはこの町ではないのか、と」

引力先生は暗い船室を見渡した。

「大それた思いではあったが、神ならぬ身のわしに大洪水を起こす力はない。それにこの町の愛すべき住人たち全員死ねとまでは思えなかった」

「そんな物騒なこと考えてたんだ。貝オパールとかひらうんじゃなかった」

「安心せい、思えなかったと言うておろう。だがまあとりあえずのリセットとして、申し訳ないが利権のことしか頭にない偉いさんたちには消えてもらうことにした。町長や北洋頭脳商會の連中に言い含めて、採掘試験中に記念セレモニーを甲板で執り行うように段取らせたのは、そのためだ」

「そういう理由でしたか」

物集博士が当時を思い出し、身震いをする。船底に位置するこの作業場は被害を免れたが、虹の塔上部での大爆発は甲板をめちゃめちゃにし、そこにいた面々を箒《ほうき》で掃くように薙《な》ぎ払ってしまった。

「これで実質上モリタートの町としての機能は停止する。あとは、船に残った物集君たちに任せれば良かった」

「『必要十分と考えられるオパールを採掘できた暁《あかつき》には、直《ただ》ちにこの町から逐電し、海の向こうでどこか新しい土地を探したまえ』先生はそうおっしゃいましたね」

笛木博士が微笑む。

「なるほど。それでは」

旅人君はまっすぐに引力先生の目を見た。

「貴方自身が船に乗らなかったのは、何故ですか?」

「知れたこと」

老学者は寂《さび》しそうな笑みを浮かべて答える。

「新しい世界に自分は必要あるまいと考えただけよ」

11

「ウトナピシュティム、砂の船とは即《すなわ》ち移民船に他ならない。その使命はアメリカ合衆国の礎《いしずえ》を築いたメイフラワー号に等しい」

引力先生は訥々《とつとつ》と語った。

「乗組員たちには新天地での新しい生活が待っている。わしの描いた青写真では、そこに自分の入る余地がなかった。それだけのこと。ああ、旅人君、秘書君」

指名を受け、母の顔を見ていた笛木秘書が先生の方に向き直った。

「事が漏れるのを恐れて家族へ連絡することを禁じたのはわしだ。パパンやお母様を責めないで欲しい」

「先生にパパン呼ばわりされる筋合はないですが」

「わかりました。でも」

笛木嬢の表情が曇った。傍《かたわら》に立つ母の着ぐるみに顔を埋《うず》めると、いつになく細い声で訴えるのだった。

「私、寂しかった」

その肩をみじかい手でしっかりと抱きしめる母博士。船室にひとときも柔らかい空気が流れる。

「済まない。そのことも含め、わしは少々手を汚しすぎた。新しい世界の一員として再出発するには、些《いささ》か不適格なのだよ」

沈黙が座を支配する。微《かす》かに聞こえるのは秘書の嗚咽《おえつ》かもしれない。

ややあって、わざとらしい咳払《せきばら》いの後に旅人青年が切り出した。

「さて、たいがいの疑問はこれで晴れたように思います。砂の船はもはや謎の船ではない。事実を手にしてしまった以上、私たちはもう何も知らなかった昨日には後戻りができないのです。本件のラスボスたる引力先生」

「何だね」

さばさばした顔でラスボス先生が応じる。

「貴方のシナリオでは、この後はどうなっているのですか?」

「うん。笛木君。ああ、娘のほうだ。君はもうせん、このような落日の港町と心中はできないと言ったね」

眼鏡を拭き涙をぬぐった笛木秘書はいつもの顔に戻ると、胸を張って答えた。

「申しました。それが何か」

「だったら、そうしたまえ」

先生の方は雇い主の顔ではない。幼い頃から見てきた優しい大叔父さんの表情である。

「お母さんと、新しい仲間たちと一緒に、この船でどこか知らない町に行くがいい。そこで新しい生活を始めたまえ。もちろん、旅人君も同行するだろう？」

「そういう貴方は、モリタートに残るおつもりなのですね」

青年が静かに指摘する。笛木娘が息を呑んで大叔父に詰め寄った。

「大叔父様……そうなのですか？」

「言ったろう、わしの構想にわしの居場所はないのだと。自分のしたことの責任を取ると軽々に言い切る気はないが、まあ、この町の終わりを看取《みと》りたくは思うのだよ。君の言う老い先短い身のわしとしては」

「意外と根に持つタイプですか。でも」

「何、まだくたばるつもりはないさ。老兵は死なず、ただ去りゆくのみ。前途は遠い。そして暗い。然《しか》し恐れてはならぬ。恐れない者の前に道は開ける。行け。勇んで。小さき者よ」

「この期に及んでマッカーサーと有島武郎《ありしまたけお》の剽窃《ひょうせつ》はどうかと思います。後半なんだか悲観的だし」

「引用と呼んでくれたまえ。ああ、すっかりいつもの君だ。将来きっと苦労するぞ、物集青年」

いつもの調子を取り戻しているのは先生の方だよね、と秘書は思う。老博士は彼らに背を向け、暗い通路へと歩み去る。白衣のポケットに手を突っ込んでいた横着先生は、ラッコの着ぐるみに包《くる》まってぐうぐう寝ている河童氏を蹴っ飛ばして叩き起こす。

「俺らも帰るぞ。河童、ボートを出せ」

「あれ、横着先生も？」

「オマケっぽく言うな。これでも患者が待ってるもんでな。どこに行くつもりか知らんが迂闊《うかつ》に生水《なまみず》は飲むな。あとヤシガニとか生で食うと当たるから気をつけろ」

かくして砂の船は今や本来の任務を遂行するのだ。引力先生は胸のうちで呟やいた。

「行きたまえ、次の時代を担う精神たちよ」

東の空が白みはじめていた。

12

北の海に向かって投げやりにはみだした陸地の一角に位置する港町モリタート。古くは巨ハマグリ漁でたいそう栄えた港湾都市であったという。

「その後、巨ハマグリの水揚げの減少と共に町の産業は衰退。現在に至る」

「そんな感じでいいんですか。ずいぶん投げやりですけど」

「十分だ」

万有引力先生は眼鏡型のルーペを外すと秘書の椅子の上に置こうとしたが、相手が座っているので無理だと諦める。

「引力先生。郵便だよ」

ジムモリソン君の声が響いた。この勤勉なる河童氏が郵便配達人に転職して、はや半年が経《た》とうとしている。勤勉なのは良いが根が飽きっぽいので仕方がない。

「はあい」

秘書が席を立った隙に、すかさず先生がルーペを椅子の上に置く。しかし冷静なる秘書は座る前に壊れものを持ち上げ、封書と一緒に先生に渡すのである。ため息をつくと、引力先生は手紙の封を切った。

「大叔父さま。

インドネシアのジャワ島で、オパールに封じ込められた古代の昆虫の標本が発見されたニュースはお聞き及びでしょうか。こちらでは、生成過程を考えると到底あり得ない現象なのに世界はまだまだふしぎでいっぱいだと漠然とした興奮で沸いていています。いえ、厳密に言えば興奮しているのは主に物集博士で、他はそうでもないです。あと、先生の開発されたラッコスーツは可動部に難があり激しいアクションには耐えられないとのことで、母が改良に取り組んでいます。視野も狭いのでもう少し確保したいとか」

ラッコスーツを着て何をする気だろうと先生は思う。

「この手紙を書いている時点で船はマダガスカル沖を航行中です。ドリトル先生の郵便局任せなのでいつ届くか分かりませんが、少なくとも今は暑いので薄着で船内を歩いていたら旅人氏が盛大に鼻血を出しました。先生もどうかご自愛なさってください」

手紙を読んでくすくす笑う先生を見て、有能なる新秘書嬢は少し身構えた。また爺いがなんぞ悪だくみをしているのではないかと疑う彼女は、やはり先生の親類の娘のひとりである。横着先生は変わらず怠《なま》け者の外科医であり、ジムモリソン君は職を転々としても勤勉だ。

一年前と大差ない日常がそこにはあった。ただ、もう砂の船は港には帰って来ない。今もまだどこかの洋上をのろのろと進んでいるのだろう。時折ぶおおんぶおおんと鳴き声を上げながら。

「悪くない。うん、悪くないいな」

引力先生はひとりごちた。

ガヴィアル博士の喪失

1

そもそもかぎ男爵のことを言い出したのは文房具屋の息子の十円《じゅうえん》だった。

かれの店は大乾季のあとに丘の向こうから越して来たので、あまりこの辺では見ないような珍しいガラクタを並べていた。からからに乾いたくもひとでやパイプうにの殻、すっかり錆《さ》びついた小ぶりのマスケット銃に、狷介《けんかい》な面構《つらがま》えのジェニー・ハニヴァー（エイの干物を加工してこさえたばけもの）、あるいはむやみに穴ぼこのあいたボール紙の天球儀。何をもって文房具店を名乗っていたのかは謎だが、こういった他愛《たわい》ないガジェットは、ぼくら学校帰りの頑是《がんぜ》なきチルドレンの心を鷲摑《わしづか》みにしたものである。

「この穴ぼこは何なんだい」

「うん、これはな」

文房具屋の店主——十円の父親である——は自慢のカイゼル髭《ひげ》をがしがしと得意気に反らせてみせる。

「下に大きな穴があるだろう。ここから白熱電球を入れてみる。すると、ほうら」

天球儀に穿《うが》たれた無数の小さい穴から漏れ出した光は、たちまち店のうす汚れた天井にみごとな星空を描き出すのだった。

「なんだ。手品じゃないか」

○ 8 ○

「うん手品だな、これは」

今にして思えば簡易なプラネタリウムなのだが、そんなハイカラなものを知りうる手段を、あの頃のぼくらは持ち合わせていない。よくわからないものはだいたい手品で済ませていた。そして十円は、そんなぼくらを確かにちょっとばかにしていたように思う。

だから学校帰りに奴《やつ》がかぎ男爵の話をはじめたとき、ぼくがすこし身構えていたのは事実だ。十円というのは渾名《あだな》で、察しの通り十円はげに由来している。したがって十円自身は十円と呼ばれることを好まなかった。

「また十円のほら話がはじまった。レディースアンドジェントルメンアンドおとっつぁんおっかさん、十円ほら劇場ですご喝采」

「いいさ。信じないなら今度の万物博覧会《ヴンダーカンマー》連れてってやらない」

それは困る。文房具屋は、この街では数少ないヴンダーカンマー招待券が配られる家なのだ。ぼくが返答に窮していると、親友のヤンマーが間に入ってくれた。

「気にするな十円。嘘《うそ》かどうかは話を聞いてみなくちゃわからないからな、とりあえず話してくれよ」

「山崎《やまざき》君が言うのなら……」

山崎君というのはヤンマーの本名だ。渾名の方はトンボの仲間なのか、あるいはディーゼルエンジンに由来するものなのかは知らない。いずれにせよヤンマーに十円と呼ばれるのは吝《やぶさ》かでない文房具屋の倅《せがれ》であった。仕方ない、ここはヤンマーの顔を立てて聞いてやることにするか。

学校から丘の麓《ふもと》へと続く長い坂道をだらだらと上りながら、十円は話しはじめた。

2

『人か魔か？　帝都の闇に躍る怪人の影！』

丘の向こうのH市の夕刊は、毎夜のごとく端倪《たんげい》すべからざるかぎ男爵氏に振り回されていた。星まつりの夜、惑星遊園地の観覧車をいつの間にか逆回転させたのも彼だし、議事堂の歴代総理の肖像を歴代横綱の化粧まわし姿と入れ替えたのも彼だ。フィギュアの選手が飼っている秋田犬《あきたいぬ》に眉毛を描いたと思えば、ひと晩で城を建ててみたり殿様のぞうりを懐《ふところ》で温めたり、挙句《あげく》の果てに旅の客人にぬるいお茶を提供してみたり。

『堤防にあいた穴を自らの腕で塞ぎ、街を洪水から救う』

『カードゲームを食事で中断するのを惜しんでサンドウィッチを発明』

「最後のやつはあきらかに別人だろう。あれはサンドウィッチ伯爵が発明したからサンドウィッチなんだ。っていうかその前のもたいがいは眉唾《まゆつば》じゃないか」

冒険王子が敢然と異を唱えるが、助手のヨシダ君は動じない。

「だって新聞にそう書いてありますもの。あとサンドウィッチ伯爵の話自体も都市伝説ですよ。第四代サンドウィッチ伯ジョン・モンタギューの登場する以前からおかずを挟んだパンは存在しています」

「えっそうだったの」

いったんは素直におどろいた冒険王子ではあるが、すぐに気を取り直す。

「助手の分際で僕より物識《ものし》りなのは君の悪い癖だ。気をつけ給《たま》え、オホン」

「あいすみません」

ヨシダ君は悪びれる風でもなく夕餉《ゆうげ》のオートミールをテーブルの下に捨てている。窓の外には石造りの家々が初夏の夕陽《ゆうひ》を浴びて橙《だいだい》いろに立ち並ぶ。それはごくありふれた、いつもと変わらぬ冒険王子事務所の風景だった。

「おそらく最初は実際にかぎ男爵を名乗る人物がいて、実際に何かをしでかしたのだ。その些細《ささい》な出来事が、伝言ゲームよろしくどんどん尾ひれや背びれ、あぶらびれやらが盛られ、きわめてぼんやりした都市伝説の集合体になったのではないか。もぐもぐ」

冒険王子は考察する。

「あぶらびれって何ですか」

「サケ・マス類に特有の、背びれの後ろにある謎の小さなひれだ。そうやっていちいちツッコミを入れていると話が進まないぞ、ヨシダ君」

「あいすみません。はいこちら冒険王子事務所ですが何のご用でしょう」

助手は反省する気配はない。しかし、かかってきた電話には即座に対応した。

「王子、債権者じゃないみたいですが代わりましょうか?」

「いいだろう」

電話の主はきわめて横柄《おうへい》な様子で、自分は発明王ガヴィアル博士であると名乗った。

「おほん。発明王としてはやはり王子君よりステージが高いと考えてよろしいか」

「会ったこともない相手に無駄にマウントかけるのは止《よ》しましょうや。用件はなんですか」

「それな」

発明王は声をひそめた。

「他でもない、わしの発明がかぎ男爵に狙われておるのだよ」

3

「その話、まだ続くの？」

ぼくが口を挟むと、十円は嫌な顔をした。

「まだはじまったばかりだよ」

「こんなんじゃお客が寝ちまわあ」

「まあまあ。喧嘩《けんか》はそのくらいにしてせんべい買おうぜ」

ヤンマーの呑気《のんき》な仲裁で気づいた。いつのまにかぼくたちは駄菓子屋の前まで来ていたのだ。

「ああ、今日もソースせんべい買うんだな」

「当然と一ちゃん、河童《かっぱ》のへーちゃんだ」

誇らしげにヤンマーが頷《うなず》く。

ソースせんべいというのは薄っぺらく焼いた小麦粉にソースを塗ったくって食べるやつだ。せんべいの名から想起されるぱりっとした食感や香ばしさは皆無で、正直ソースの味しかしない。あきらかに塗られる食材にアイデンティティを依存している。ゆえに梅ジャムを塗れば梅ジャムせんべいになるはずなのだが、やっぱりソースせんべいと言って売っている。看板に偽りありだ。冗談じゃない。

むだに義憤に燃えるぼくらは、いつも断固としてソースを塗ったくった方を集中的に買い食いしていた。

そしてヤンマーの目的は別段ソース味のせんべいにはない。駄菓子屋にはやや吊《つ》り目垂れ眉気味の双子の娘がいて、ときどき店番に立つのである。

「吊り目垂れ眉って引目《ひきめ》かぎ鼻に似てるよな」

「似てないよ」

憤然とするヤンマー山崎君はまるきり娘目当てに毎日せんべいを買っている。くじつき一回十円なのでさのみ痛い出費ではないが、一日十枚買って三百六十五日通えば三万六千五百円になるし、成長期の身体《からだ》を形成するかなりの割合をソースとせんべいが占めることになる。この分では早晩ソースせんべい怪人の爆誕《ばくたん》を見る仕儀となろう。入れ揚げると見境がつかなくなる性質《たち》らしい。将来が心配だ。

「姉の方かな、妹の方かな」

店主の婆《ばあ》さんが出てくる可能性はまったく考慮に値《あたい》しないものとみえる。

「僕が見てこよう」

柄にもなく逡巡《しゅんじゅん》するヤンマーを差し置いて十円がそそくさと店に入ってゆく。はやく続きが話したいのに違いない。婆さんが出てくればいいのにとぼくも思う。

「妹だった。姉は三時半からのシフトらしい。まだ三十分ほどあるね」

「わかった。続きを聞こう」

ヤンマーのお目当ては姉の方なのである。彼女が出てくるまではどこまでも十円のほら話に付き合う覚悟であるらしい。

ため息をつくと、ぼくたちは店の前に並んだ樽《たる》に腰掛けた。

4

「なるほど、スズキさんのお宅に天井三十人前ですか！　わかりやしたあ！」

冒険王子は唐突に叫ぶとガチャンと受話器を置いた。

「いや、盗聴されとるかもしらんからね。間違い電話のふりをしてみたのさ」

「聞いてないです。あと、電話切っちゃいましたけど用件はどうするんですか」

「そこは着信履歴から君が掛け直すんだよ」

やっぱりなという顔で助手がダイヤルを回す。ダイヤル式電話のどこに着信履歴が表示されるのか不明だが、ヨシダ君の有能さをもってすれば造作もないことだ。

「ガヴィアル博士ですか。先程は回線が混乱したようで失礼しました。委細は直接伺いたいと存じますので、ご面倒でもこちらまでご足労願えますか」

「がってんしょうちのすけ」

数刻ののち、王子の手狭な事務所のソファーに、高名にして横柄、尊大なるガヴィアル博士がその巨体を横たえていた。

「博士、ずいぶん寛《くつろ》いでますが。大事な発明が脅《おびや》かされてるんじゃないんですか」

「それな」

こちこちという金属音と共に博士が身を起こした。手にした葉巻を無造作に放り投げるのを、すかさずヨシダ君が受け止める。

「大事な発明ってほどのこともないのだよ、君。星の数ほどもあるわが創案の、かなり取るに足らない事案なのだ」

「銀河系だけで二千億個あるって言いますよ、星の数。それはともかく、どんな発明なんですか」

「問題は」

ガヴィアル博士はおもむろに背筋を伸ばすとテーブルにばぁんとみじかい手を突いた。

「この発明王ガヴィアル大博士ともあろう者が、どこの馬の骨とも知れぬコソ泥風情《ふぜい》に脅されてすごすご引き下がる訳にはゆかん、ということなのだ！」

「コソ泥のコソってやっぱりコソコソするからなんですかね。あと『すごすご』の由来も気になります」

博士は質問に答えないしヨシダ君が混ぜかえすので王子は俄然《がぜん》帰りたくなったが、自分の事務所なのでそうも言ってられない。

「大体わかりました。で、かぎ男爵君からはどのようなアプローチがあったのですか」

不愉快そうに片眉を吊り上げると、ガヴィアル博士は内ポケットから一枚の紙切れを取り出して放り投げた。拾い上げた王子が音読する。

「『ジェルミナル最後の新月の夜、ぶさいくな鰐公《わに》は髑髏《どくろ》の旗のもとにその骸《むくろ》を横たえるであろう。かぎ男爵之《これ》を記す』ええと、これシンプルに殺害予告に読めるんですが。発明が狙われてるとかそういうレベルじゃないのでは」

「何、この前にわしの発明を黙って寄越すようにと上の句があったのだ。必要ないから持って来なかっただけで」

（持って来いや、ぶさいくな鰐公）

とは口に出さず、王子は鷹揚《おうよう》な笑みを浮かべた。

「なるほど。つまり博士は要求に応じる気はないので、我々は黙って彼奴《きやつ》を捕らえればよい、ということですな」

「うむ。物分かりがいいな」

博士が大きく裂けた口をにんまりと綻《ほころ》ばせる。

「物分かりのよさはイコール報酬の額面だということを忘れんでくれたまえ。こちらが必要と判断した情報は提供する。では、よろしく頼む」

かくて偉大なる鰐博士はこちこちという金属音と共に扉の向こうに姿を消す。ややあって響き渡るあちちちちという悲鳴を探偵とその助手は満足気に聞いた。

「博士が投げ捨てた葉巻はカバンの中にお返ししておきました」

「うむ。抜かりはないな」

冒険王子は深く頷くと、愛用のパイプに手を伸ばした。それは彼が何かを決意したということを意味していた。よくわからないが、どこかの誰かは何かを覚悟した方がいいのだな、とヨシダ君は漠然と思うのだった。

5

「かぎ男爵のことだったら少し知ってる」

「えっ、十円の妄想じゃないんだ？」

ぼくが驚くと、少女はコロコロと楽しそうに笑った。

どこか少年の面影《おもかげ》を宿したショートカットの娘は、ノースリーブ姿でカウンターの上に頬杖《ほおづえ》を突き、空いた方の手指でぼくの鼻先を弾《はじ》いた。これが、駄菓子屋の双子の姉の方なのである。

「だいぶ前の話になるけど、満更《まんざら》知らない仲でもなかったんだ」

「えっ」

今度はヤンマーが青ざめる。何しろお姉ちゃんにぞっこんなので是非もない。世間を騒がす怪盗紳士と満更知らない仲でもないとは聞き捨てならない情報だ。あと姉の人の年齢も気になる。

「その話、詳しく聞かせてくれませんか」

「いつか、気が向いたらね。『女の人の過去は問わない』と三上寛《みかみかん》も歌っているよ、山崎君」

優しく窘《たしな》められ、ヤンマーは頬を赤らめ口を噤《つぐ》む。さりげなく昭和のフォークシンガーの名前が出てきて、お姉ちゃんの年齢は益々《ますます》怪しくなる一方だ。

駄菓子屋は街はずれの砂地にぽつねんと存在していた。いや、厳密には、砂地にぽつねんと存在する建造物の一室に間借りしていた。

建造物の外見は、ずいぶん内陸に打ち上げられるか取り残されるかしてしまった古い難破船そのものである。店は船底の一室を改造したもので、船の土手っ腹に穴をあけ梯子《はしご》をかけて入口とし、細々と営業しているのだった。大きな船体には他にもいくつかの店が入っており、この街のショッピングモール的な役割を果たしているのである。

「ふうむ。この物件はどういう賃貸契約なんですか」

場の空気を完全に無視した質問は十円である。

「おや、お店でもはじめるつもりなの？」

看板娘かっこ姉は今度はケタケタと笑うと、文房具屋の倅の顔をのぞきこんだ。

「やっぱりお父さんみたいなガラクタ屋かな？」

「ほんとだ、確かにガラクタ屋ですね！　あっはっは、いやあなるほど」

我が意を得たりとヤンマーが頷く。もう完全に目の前の女子の歓心を買うことしか頭にないあほうと化している。わが無二の親友ながら、目下どこに出しても恥ずかしくない色ぼけだ。

「いえ、すこし興味があったものですから」

意外にも十円は冷静に店内を見渡している。壁には海賊旗だろうか、大きな髑髏の旗が無造作に画鋲《がびょう》で止められ、乱雑に積み重ねた棚には、賞味期限の怪しい菓子や安全性に疑問のある玩具がところ狭しと埃《ほこり》をかぶって並ぶ。錆《さ》びついた宝箱や動物の着ぐるみやら、正直、品揃《しなぞろ》え的に十円の店と大差はない。あちらがガラクタ文房具店であればこちらも立派なガラクタ駄菓子屋である。ソースせんべいを扱っているかいないか程度のアドバンテージだ。

ふと、すこし離れて置いてあった短剣に十円が手を伸ばした。気のない顔で少女が制する。

「あー。それは売りものじゃないんだ。危ないからそっとしておいて」

「だと思いました」

頷くとおとなしく手を引っ込める。どこか場違いな短剣は、ショーケースの中に大事そうに収められている。ぼくはちょっと気になったが、当のふたりはそれ以上言及する様子はないし、色ぼけ君はもとよりそれどころではない。

駄菓子屋の娘は十円をじっと見つめていたが、ややあって口を開いた。

「ねえ、ガラクタ文具店の坊や。ガヴィアル博士が出て行ったあと、冒険王子たちはどうしたの?」

「そうだそうだ。どうしたんだ」

少女と色ぼけのリクエストでは仕方がない。かるく咳払《せきばら》いをすると、十円は駄菓子屋のカウンターで話しはじめた。

6

「怖いかね、ヨシダ君」

ステッキを振り回して歩きながら、冒険王子が話しかける。

「怖いより恥ずかしいですね。あと、暑いです」

くぐもった声で助手が答えた。

「我慢したまえ。これがきわめて明快な論理的帰結というものなのだ」

冒険王子は胸を反らせると得意気に宣言した。

「我々はどちゃくそ非協力的なクライアントの依頼を受けた。理不尽な脅しを受けたので相手をやっつけて欲しいが、手掛かりらしいものを提供する気は一切ない。ただし金は出す。当方としては、そんな理不尽な要求は願い下げだが、金は欲しい」

「明快ですね」

「となると、極力博士の手を煩《わずら》わせることなく事件を解決するしかない。すなわち、本物とは別に自前の博士を用意して加害者をおびき寄せ、のこのこと現れた処《ところ》をお縄にするのだ。なんと鮮やかにして無駄のないオペレイション。しかも相手は名うての賞金首であるからにして、見込める報酬は倍率ドンさらに倍」

「言い回しが古くさいです。そして博士役を演じるのが王子でなく私なのは何故《なぜ》でしょうか」

「それは君、僕の身に何かあったら危ないじゃないか」

「そいつあ明快だ」

ヨシダ君は呟《つぶや》くと、重たい身体を引きずって王子の後にのそのそと続いた。

「男爵が指定した期日まではまだ間があるが、博士に約束を遂行する気がないことはどうせ先方も承知している。本人が無防備にそのへんをうろうろ歩き回っていれば、てきとうに襲ってくるに違いない」

「すごい肝心なところがあやふやじゃないですか」

有能なるコスプレ助手はため息をついた。この分では期日まで際限なく博士の格好で世界中を徘徊《はいかい》し続ける破目になりそうである。

「あのう、ちょっといいですか」

「なんだね」

「かぎ男爵がガヴィアル博士をつけ狙うのには、理由があると思うんです」

「当たり前だろう」

「だったら、影武者を演じる以上は、その『理由』を再現できなければ、意味がないんじゃないでしょうか」

「えー」

「え︱じゃない」

「具体的には？」

ヨシダ君は身体をどっこいしょと持ち上げ、そこらにあった樽に凭《もた》せかけた。

「たとえば、博士の図体《ずうたい》が発していた、こちこちという金属音です」

「ああ。なんだかいちいち変な音がしてたっけ」

「あれ、時計の秒針の音じゃないかと思うんです」

「えっ？」

「もっと言えば」

ヨシダ君は手にした葉巻を振り回した。

「ガヴィアル博士が飲み込んだ手首に巻かれていた腕時計の」

ばくっ。

大げさな効果音が響いて、いきなり冒険王子の視界から助手の姿が消えた。

「いやあ、君みたいな察しのいいガキは嫌いだよ。ゲフー」

ヨシダ君をひと飲みにした巨大なワニ、すなわちガヴィアル博士は、じろりと王子を見て舌なめずりをするのだった。

7

「ガヴィアル博士ってワニなのかよ！」

ぼくが驚くと、駄菓子屋の娘はコロコロと笑い、ヤンマーはさもありなんと深く頷いた。

「ワニ目《もく》はアリゲーターとクロコダイルとガヴィアルの三つの科に分類される。ペットとして飼われる有名なメガネカイマンとかはアリゲーター科、よく人食ってるイリエワニやナイルワニはクロコダイル科。ガヴィアル科はインドガヴィアルくらいでいちばんマイナーだからな、仕方がない」

「そんな理由で驚いたんじゃないけど」

「じゃあヨシダ君が葉巻ごと飲み込まれてしまったことかな」

「それはちょっと気になった。じゃなくて」

「僕は言ったよ、ぶさいくな鰐公って」

と、これは十円だ。

「比喩だと思うだろう普通。まあいいや、それより」

ぼくはすこし考えて、もっと気になった点を口にした。

「お腹《なか》から時計の音がするワニの話って、聞いたことある気がする」

「あ」

ヤンマーは口を開け、十円は駄菓子屋の少女の方にちらと視線を向けた。店番は頬杖を突いて黙って笑っている。

「その少年は」

ふいに戸口の方から声がした。

ぼくたちが振り向くと、少女がひとり重たそうな袋を持って立っていた。

「おかえり」

店内の少女が声をかけ、戸口の少女がただいまと言葉を返す。

店内の方がボーイッシュな髪型で、戸口の方はロングヘアをふわりと顔の両脇に垂らしている点を除けば、その容姿にさほどの違いはない。駄菓子屋の双子の娘かっこ妹のご帰宅なのであった。

妹は買いもの袋を下ろすとぼくの隣に座り、やさしく読み聞かせるように話を続けた。

「……その少年は、わるい海賊の船長とずっとケンカをしていました。そしてあるとき、相手の手首を切り落としてワニにくれてやったのです。船長は腕時計をしていたので、それ以来ワニのお腹からはチクタクと時を刻む音がするようになりました」

ああ、そうだ。そのお話だよ。

「いいこと教えようか」

姉が悪戯《いたずら》っぽい笑みを浮かべてぼくの顔を見た。

「かぎ男爵がそういう名前なのはね、手首がかぎ爪になっているからなんだよ」

「えっ、それって……」

「ちょっと待った」

ヤンマーが手を挙げ、発言する権利を要求する。

「海賊って海にいるんだろう？　ワニは基本的に淡水性だと思うんだが」

かれが興味を抱いているのは双子の姉の方なので、妹相手とあらば容赦なくどうでもいい揚げ足を取って来るのだ。実に卑怯《ひきょう》な男である。どうして親友やってるのかときどき不思議になる。

「君がさっき名前を挙げたイリエワニなんかは汽水性で、海水への耐性は強いよ。だから入り江ワニって呼ばれてるくらいでね。わかったら静かにしてなさい。さあ」

妹に代わって容赦なくヤンマーの因縁を退けると、姉はふたたびガラクタ文房具屋の倅を促した。

「助手をワニにひと飲みにされてしまった冒険王子の運命やいかに。続けてよ」

8

「失礼な。僕はこう見えてもとくに察しのいい方ではないぞ」

冒険王子は決然とガヴィアル博士に向き直った。

「わかっておる。察しのいいガキは今わしの腹に収まった方だ。ゲフー」

「了解済みなら話は早い。有能なるわが助手を直《ただ》ちに返してもらおう」

ステッキを構え、背筋を伸ばして対峙《たいじ》する。博士は不愉快そうに眉を顰《ひそ》めた。

「なんだと。それが依頼主に対する態度かね？　お金払ってあげないよ」

「そりゃ好都合だ。クライアントを降りてもらえるのなら、遠慮なくぶちのめせる」

冒険王子は博士ににじり寄る。

「どうも事態が飲み込めてないようだから言っておこう。助手は飲み込んでくれたけどな。プークスクス」

「うまいこと言ったみたいになってる場合か」

「あんたは我々に問題の解決を依頼し、そして今、助手をまる飲みにしてくれた。するとどうなるか。問題は永久に解決しない」

「あ？」

「うすのろめ。僕がヨシダ君抜きで何か解決できると思ったら大間違いだと言ってるんだ！」

「え？　いや、うすのろなのはそちらでは……。あっ、すまん。ええと」

王子の剣幕にガヴィアル博士は狼狽《ろうばい》した。

「いろいろ手がかりとかぜんぜん足りないけど、ヨシダ君ならなんとかしてくれるだろうと高《たか》を括《くく》っていたのが台無しだ。さあヨシダ君を返せ。返せないなら仕方ないから貴様が助手をやれ。言っておくが僕の助手は大変だぞ、僕が何もしないから。さあどうするぶさいくな鰐公」

「いや、その、待て、あっ、あちちちちおえええええ」

突然、ガヴィアル博士は悲鳴を上げ、目を白黒させてはげしくえずくとヨシダ君を吐き出した。

「ウワー」

目を丸くする王子の前で身体についた食べかすの類《たぐい》を払いながら、冷静なる助手は脱出の手段を簡単に説明した。

「失礼、葉巻の火で胃壁をすこし焼きました。まあ畜生の治癒力でとっとと塞がることでしょう」

「おおヨシダ君無事だったか。変装のためにワニの着ぐるみに入っていたのが幸いしたな」

「自分の手柄みたいに言わないで下さい。あと聞こえてましたけど私を何だと思ってるんですか。たまにはひとりで事件を解決して下さいよ」

「助手は吐き出したから、わしはもう帰っていいかな……」

ほとほと疲れた様子のガヴィアル博士が帰りかけるのを、王子がきびしい声で引き止める。

「待ちたまえ。話は終わっていない。貴殿はひきつづき我々にかぎ男爵の捕縛を依頼し、お金をたくさん払ってくれるつもりはあるのか？」

「そりゃあ、可能なら……でも、なんか無理っぽいし……」

「事情が変わっています」

胃液で溶けかけた着ぐるみを脱ぎながらヨシダ君が言った。

「あなたとかぎ男爵との因縁はだいたい見当がつきました。これ以上隠し立てする必要もないでしょう。あなたの積極的な協力が得られるのなら、この件はなんとかならないでもありません」

「ほうら、僕の言った通りだ。ヨシダ君がなんとかしてくれる」

冒険王子がとくいげに胸を張った。

「……そうか、わかった。君の知りたいことを教えよう」

「僕をすっ飛ばして助手に話しかけるのは感心しないぞ」

「ではまず、男爵の脅迫状の全文を見せて頂けますか。先日あなたが隠していた」

9

「『かつて貴公が飲み込んだ我輩の腕時計を速やかに返して頂く。さもなくば、ジェルミナル最後の新月の夜、ぶさいくな鰐公は髑髏の旗のもとにその骸を横たえるであろう。かぎ男爵之を記す』ははあ、やっぱりそうでしたか」

博士から受け取った紙切れを器用に繋《つな》ぎ合わせ、ヨシダ君が大声で読み上げる。

「しかし私の記憶では、手首を失った男はチクタクワニではなく切り落とした少年の方をつけ狙っていたと思うのですが」

「うむ。ずいぶん昔の話だ」

作戦会議のために戻ってきた冒険王子の事務所で、ガヴィアル博士は葉巻に火を点《つ》けた。

「あのあと、飲み込んだ時計の効果なのか非常にシステマチックにものごとを考えられるようになってな。人食いワニ稼業を卒業して発明王に転身したという次第だ。あれこれ過去を詮索されると面倒なので、時計が狙われているという話は黙っていた。申し訳ない」

「聞いたかヨシダ君。なんという非科学的な話だろう」

「聞いてます。あと王子に言われる筋合いはないと思いますね。博士、続けて下さい。かぎ男爵はなぜ矛先を転じたのでしょう」

「多少、頭脳が明晰《めいせき》になってから理解したのだがね」

博士はぐはあと煙を吐き出した。

「時は流れ、すべての生きとし生けるものは歳《とし》をとる。この大原則に従わないのはひとり、あの歳をとることを拒否した少年だけなのだ。かぎ爪の男はそのことに気づいて、かれと争うのを止《や》めてしまったんじゃないだろうか。諦《あきら》めたと言ってもいい」

ソファーの上で、大きなワニはどこか遠い目をした。

「君たちも承知の通り、この世界はしばらく前にひどい乾季に見舞われた。水位は数百メートル単位で低下、遠浅《とおあさ》の海は完全に干上がり、多くの船が陸地に取り残されて使いものにならなくなってしまった。かぎ爪の男の海賊船もまた、同じ運命を辿《たど》った」

「なるほど。陸に上がった海賊は怪盗紳士に進化したというわけか。人食いワニが博士を僭称《せんしょう》するよりよっぽど自然だな」

「だまれあほ王子」

「わかる気がします」

深く頷くヨシダ君に、博士は全幅の信頼を寄せた熱いまなざしを送る。

「永遠の子ども相手の鬼ごっこを断念したかれは、同じ世界に生きる喧嘩友達を求めて、あらためてあなたに矛先を向けた。そういうことであれば」

話し続けようとするヨシダ君より先に冒険王子がすっくと立ち上がり、声を張り上げた。

「博士の行くところに必ずかぎ男爵は現れるはず、という僕の推理は間違っていない。さっきはヨシダ君の稚拙な変装でおびき出そうとしたわけだが、今ここに本物の博士の協力を得た我々は、よりスムーズに事件を解決できるはずだ！」

「お、おう」

「つまり」

やや間をおいて助手も立ち上がる。

「かぎ男爵のもとに、こちらから出向けば良いのです。博士が行けば、男爵もまた直々《じきじき》に相手をしてくれることでしょう。あとは、私たちでなんとかします」

「主にヨシダ君がなんとかします」

「あんたもなんとかしてくれ。さっきはわしをぶちのめす気満々だったじゃないか。依頼人のために戦えや」

「僕の戦闘はオプションなんで別料金になります」

「もういい。どこへ行けばいいんだ、ヨシダ君」

「それは」

出かける支度を整えて、頼りになるヨシダ君が答えた。

「もちろん、駄菓子屋ですよ」

10

十円は話を止め、すこし首を曲げて戸口の方に目《や》をやった。かれの視線を追ったぼくらが振り向くと、駄菓子屋の入口に彼らが立っていた。

「やあやあこれは皆さん。お邪魔しまんにゃわ」

昭和のギャグを恥ずかしげもなく口にするところをみると、このおっさんが冒険王子なのだろう。ならば傍《かたわ》らに立つ見るからに有能そうな青年がヨシダ君に違いない。そしてふたりの後ろに続いて大儀そうに梯子《はしご》を上ってくる、洒落《しやれ》たモーニングにぶさいくな身を包んだ巨大な爬《は》虫《ちゆう》類《るい》。これぞ正しく発明王ガヴィアル博士その人の姿なのであった。

「ひい。食べないでえ」

情けない声を上げてヤンマーが机の下にもぐる。災害時の正しい対処だ。むろん博士はそんなあほうには取り合わない。息を切らせて引率者に訴えた。

「おいおい、こんな小汚い店に来てなにか埒《らち》が明くのかねヨシダ君。ぜえぜえはあはあ」

「小汚くて悪かったね」

店の奥から怒声が響く。まずい。店主の婆さんの降臨だ。

「大のおとなやチクタクワニが来るような場所じゃないんだよ、ここは。文句があるんなら出て行っとくれ」

十円の家、ガラクタ文房具屋で初めてジェニー・ハニヴァーを見たとき、これは確かに駄菓子屋の婆さんに似ていると思ったものだ。というか、どちらかといえば婆さんの方で干物に寄せている節《ふし》がある。

チクタクワニ呼ばわりされた博士は、ケッという顔で駄菓子屋の店主を睨《にら》んだ。

「ご挨拶《あいさつ》だな。古い知り合いが訪ねてきたんだぜ、茶のひとつも出すのが礼儀ってもんじゃないのかウェンディ」

「気安く呼ぶんじゃないよ」

「ちょっと待ってもらえますか」

思わずぼくは手を挙げた。

「あの、博士は今、この干物のことをウェンディって」

「誰が干物だい」

「うん。そうだよ」

激昂《げっこう》してふ菓子を振り上げる婆さんを制し、姉が答えた。

「ウェンディ・モイラ・アンジェラ・ダーリング。この駄菓子屋の店主の名前」

「その少女は」

妹が補足する。

「永遠の子どもでいることを拒み、大人になることを選びました。成長し、いつか歳をとって死ぬ、普通の人間でいたいと考えたのです」

「時は流れたのだ」

ガヴィアル博士は肩を竦《すく》めた。

「チクタクワニは博士になり、かぎ爪の海賊は怪盗男爵になり、そしておとぎ話のヒロインは干物になった」

「現実とは残酷なものですな」

「あんたたち全員ぶっとばすよ」

ぶち切れたウェンディ婆さんが特大のふ菓子を振り回す。

「気をつけて。川越《かわごえ》で売ってるやつよ。並のふ菓子とは破壊力が違う」

どんがらがっしゃん。婆さんが得物《えもの》を一振りすると、売り物のガラクタ類はたちまちなぎ倒され、戸棚は倒れて窓ガラスは粉々に砕け散る。これはひどい。

そのとき。

「君たち、ちょっと静かにしてもらえないかな」

今度は男の声が、やはり店の奥から響いた。

さっき婆さんが出てきたのとは別のドアが開かれ、長身の男性が立っていた。長いサーベルを下げ、胸元に古ぼけたマスケット銃を構えている。

「いよいよ、かぎ男爵様の登場ですね」

落ち着き払った様子で、ヨシダ君と十円が同時に言った。

「いかにも。我輩が、かぎ男爵である」

自慢のカイゼル髭をとくいげに反らせながら、文房具屋の主人が名乗りを上げた。

11

「文房具屋……いつのまに？」

「さてはいつもの手品だな」

「違う」

髭男爵、もとい、かぎ男爵こと文房具屋の主人は首を振った。

「どうも気づいてないみたいだから言っておくが、うちの店はここの裏側だ。奥が繋がっていて自由に通れる。合鍵さえ持っていれば」

「なんで合鍵持ってるんですか」

「うん」

文房具屋はとっ散らかった店内を見回した。

「この店、というかこの船は、たまたま我輩のものなのだ。だいぶ暴れたなウェンディ。来月分の家賃に上乗せしておくぞ」

「ちっ。元海賊はおっかないね」

「また板の上を歩かせてやろうか？　そして、おいこら鰐公」

まだ梯子の上にいるガヴィアル博士をぎろりと睨みつけ、ゆっくり腕を伸ばした。

「約束通り、我輩の時計を返してもらう」

　ワニ博士に向けられた、その袖口からはマスケット銃の銃身が突き出ている。

「あれっ。かぎ男爵の手ってかぎ爪なんじゃないの？」

　ヤンマーが素っ頓狂な声を上げるのを駄菓子屋の姉がすぐさま窘める。

「船長の手はアタッチメント式だから。原作を読むことね」

　そういえば普段文房具屋でかぎ爪を出してるのを見たことはない。なるほど納得だ。そんな店主は剣呑《けんのん》でいやだし。

「返さないのであれば」

　アタッチメント男爵が声を張り上げる。

「この場にぶさいくな骸を晒《さら》すことになるぞ！」

　ぼくたちは息を呑《の》んで戸口の方を見た。

「ああ……？」

　そして目を疑った。

　つい今しがたまで婆さんとやり合っていた博士が、口をぽかんと開けたまま、何も言わず脅迫者の方を見ている。その目つきがさっきと違う。うーん、何というか。

「知性が感じられないぞ」

「王子に言われる筋合いは」

「おい。鰐公？」

かぎ男爵が不安そうな声を出す。

「ぐるるるる」

博士はまるでワニのように唸《うな》るばかりだ。ワニって唸るっけ?

「あのう、男爵」

「何だ、有能なるヨシダ君」

「お探しの時計なら、私が持ってますけど」

「あ?」

12

ヨシダ君がウエストポーチから取り出したのは、いかにもクラシックな腕時計だった。こちこちと音を立てて動いている。

「博士に丸飲みにされた際、見つけたのでついでに持って出て来ました」

「あ」

「もともと貴方《あなた》のものだと思うので、お返しします」

「えっと……そりゃどうも」

かぎ男爵は時計を受け取ると、黙って銃を下ろした。

「時計を飲み込んでから頭が良くなったって博士が言ってましたけど、本当だったみたいです」

ヨシダ君が申し訳なさそうに言葉を継ぐ。

「取り出しちゃいけなかったんですね、たぶん。しばらくは余韻で頭動いてたみたいですが。私たちももう報酬はもらえない感じなので、この件はリセットしたいと思います」

「うん、そうか」

かぎ男爵と名乗る男は押し黙った。その姿はもう元海賊船長の怪盗紳士などではなく、ぼくらのよく知っている、いつもの文房具屋の主人のように見えた。

「鰐公は、もう遊んでくれないんだな」

なんだかしんみりしているが、戸口の方では折しも梯子を上って来た人食いワニが、手近な餌としてヤンマーに襲いかかろうとしているところである。

「ひい」

駄菓子屋の妹がとっさに手元のソースせんべいの袋を爬虫類に投げつける。ワニが怯《ひる》んだ隙に、姉の方がカウンターを軽々と飛び越え、こちら側にすっくと降り立った。しなやかな身のこなしでヤンマーを後ろ手に庇《かば》い、例の短剣を構えてにっこりと笑う。

「ワニ氏とは古い付き合いだけど、うちのお客に手を出すと承知しない」

そのままの姿勢で、文房具屋の店主に声をかけた。

「船長は、もうぼくとは遊んでくれないのかい？」

「あの頃はそれなりに楽しかったな、ピーター・パン」

元海賊の文房具屋は、すこし笑うと腰のサーベルを抜いて少女の方に向けた。

「時は流れたのだ。残念ながら我輩にはもうお前に付き合う体力も時間もない」

「ああ、サーベルも錆び錆びだね。これじゃコンニャクも斬れそうにないよ」

駄菓子屋のピーター・パンが指で弾くと、サーベルの切先はもろくもボロリと砕け落ちた。

「だが後悔はしていない。むかし見た夢とはまたちがう夢を、老いさらばえた今は見ることができるのだからな。そうだろう、ウェンディ」

ジェニー・ハニヴァーに似た老婆は黙って肩を竦め、それでもすこし楽しそうに微笑《ほほえ》んだ。

「時間に流され変わりゆくうたかたの日々を我輩たちは楽しむ。それが永遠である必要はないんだ。ワニに戻ったワニだって、人間もどきだった頃より不幸かどうかはわかりゃしないさ」

「そうかもね。ぼくにはわからないけれど」

少年か少女かも曖昧な、歳をとらない存在はぼくたちを振り返った。

「君たちもふだんの生活に戻るんだろう。学校帰りに駄菓子屋に寄る日々もいつかは終わって、分別くさい大人になってゆくんだね」

「いいえ、ぼくは永遠にソースせんべいを買いに来ます！」

半分ワニに飲まれながらヤンマーが抗議した。

「ワニに飲まれたら無理でしょ」

仕方がないのでぼくたちは皆でヤンマーをワニから救い出した。

「あははは。面白いね」

双子の姉妹は声を合わせてコロコロ笑った。

「そろそろ、お話も終わりかな？」

13

「そんな次第で」

話し終えると、十円はちょっととくいげにぼくたちを見回した。

「僕はかぎ男爵の息子なのさ。いずれ、後を継いでかぎ子爵になる」

「爵位上げてきたよ」

「せっかくだからね」

「子爵って男爵より爵位高いのか」

「ちなみに伯爵や公爵の方がもっと上です。男爵意外と低い」

「ええと、せっかくですんで」

終始あまり役に立たなかった冒険王子がおずおずと口を挟む。

「この機会に、いろいろな事件の真相について教えてはもらえませんか。サンドウィッチの由来とか」

「そこなんだ」

「真相か。真相ねえ」

文房具屋はかるく頷くと手首のアタッチメントを白熱電球に着け替え、手元の四角い箱の中に突っ込んだ。

箱の前面にセットされたレンズから明るい光がまろび出て、無数の埃を浮かび上がらせながら店の壁に見慣れた景色を映し出す。

「やっぱり手品だ」

「そう。だいたいのことはみんな手品なのだよ。いつも言ってたじゃないか」

文房具屋の主人は楽しそうに笑った。

ああ、そうだった。

カタカタと幻灯機が動く音がして、映像の中のぼくがなにごとかをしゃべっているのが見える。

『また十円のほら話が始まった』

『いいさ。信じないなら今度のヴンダーカンマー連れてってやらない』

映像の外のぼくは十円に話しかけた。

「信じるからさ、今度のヴンダーカンマー一緒に行っていいかな」

「仕方ないな。みんなで行こうぜ」

十円とヤンマーと十円のお父さんの元海賊船長と、駄菓子屋の店主のウェンディの干物と彼女のペットになったワニと、役に立たない冒険王子と有能なヨシダ君と、そして、駄菓子屋の店番の双子の娘たちも、一緒に。

「どうしてピーター・パンは双子だったのかな?」

「それはだね」

未来のかぎ子爵様が答える。いや、手首にかぎはないから十円子爵でいいのかもしれない。

「ダブルキャストってやつじゃないかな」

「なるほどな」

カタカタカタ。

『人か魔か？　帝都の闇に躍る怪人の影！』

十円の映像が語り始めるのを、ぼくたちは闇の中に座って見つめていた。

Leonora's egg

Tomokichi Hidaka
A Collection of Short Stories

コヒヤマカオルコの判決

1

「公判を延期する……だと？」

公証人の古本ねずみはいらいらとヤニハッカの茎を噛《か》んでいた。

マリエの町ではそのころ国選判事による定期裁判制が行われていた。

国の東のはずれに位置する七つの市町村は有り体《あてい》に言って過疎地である。中央の連中は、当該地域の犯罪や係争の処理にあたる担当者はひとりでたくさんだと考えた。結果、マヨラムの郷士《ごうし》が判事に任命され、十把《じっぱ》ひとからげに事件を裁く役目を仰《おお》せつかったのである。

公証人の仕事は、年数回の公判日までに担当地区の審理案件を整理しておくことであった。夏の定期裁判は七月に終わり、次は十月末に巡ってくる筈《はず》だ。今年の春に任命されたばかりの古本ねずみは、そのように判断してちまちまと書類を整理していた。

しかし九月も終わりが近づいたある日、公証人はあわただしく裁判官に呼び出されたのである。

「ああ、マリエの町の公証人」

判事兼郷士様は口髭《ひげ》をきゅいきゅいと扱《しご》きながらきわめて尊大な態度で申し渡した。

「知っての通り当職は暇ではない。また下院への出馬も控えておる。君のところの次の公判は十二月か、ひょっとすると年明けになっちゃうかもだからその心算《つもり》でいたまえ」

古本ねずみは口をあんぐり開けて固まっている。

キサマの事情など知ったことか、と公証人兼古書店主は思う。だいたい暇な者なんてそうそう居るものか。誰だって今日や明日を生きるのに忙しい。そうでないのは一部ディレッタントの皆様くらいだ。

生活者が忙しく日々を過ごせば、だいたい多少のトラブルは生じる。なんぼ小さな町だろうが数カ月も経《た》てば事案は山積する。それらを処理することなく溜《た》め込んでおけとこの判事殿は仰せなのだ。自身の都合で。いやはや。

皆さんには、月末が締め切りだと言われてせっせと進めて来た仕事が、いやそれ再来月でいいよと急に言われた状況を想像して頂きたい。人によっては大喜びかもしれないが、古本ねずみはそうではなかった。彼はあくまで予定通りにものごとを進めたい性分だったのである。彼は前脚の拳をぎゅりぎゅりと握りしめた。

日々古書に埋もれて過ごしている古本ねずみは、一応はこのあたりの文化人に数えられる身分だった。それゆえ公証人などというめんどくさい仕事を押し付けられたのである。しかし古書店主にとって、古書はあくまで売り物だ。数万冊の埃《ほこり》くさい知識の山に囲まれていたところで、その教養は別に自分のものではない。

(とんだ勘違いだ)

噛《か》みすぎて唾液の味しかしなくなったヤニハッカを吐き出して、古本ねずみは苦笑した。図書館に巣食っている、親類の司書ねずみの方がまだしも適役だろうに。

だが悲しいかな司書ねずみはディレッタント様であった。壮麗なる国立図書館をねぐらとする彼は公証人のような一般業務からは解放されており、要するに働かなくても食っていけるので仕事をしないのだった。ええい腹の立つ。案件の整理はいっかな進まない。ヤニハッカの茎も払底《ふってい》してしまった。このやるせないもやもやをどうしてくれようか。

あまりのことに古本ねずみはその辺にあった本を手に取ると発作的に齧《かじ》り付いた。売り物の価値を損なう罪深い所業だが、まあねずみだから仕方がない。皆さんも齧歯目《げっしもく》から古書を購《あがな》う際は注意した方がよろしい。

おや。本に齧り付いた齧歯目の様子が変ですよ。

「あっ、そうか！」

古本ねずみの目がおおきく見開かれ、するどい光を放って再び細められる。本を置くと尖《とが》った鼻をひくひくさせ、店の隅の本の山に飛び込んだ。反動でもうもうと埃のけむりが立ち込め、やがて収まる頃にはねずみの姿は見えなくなっている。後には齧られた本と書類の山、吐き捨てられたヤニハッカの茎が残るばかりである。

2

「ああ、重い。なおかつ埃くさい」

コヒヤマカオルコがひどくむさ苦しい夢から目覚めると、顔の前になんだか不愉快な生きものの顔があることに気がついた。

「ぎぃやー」

「オマエタチは皆、そうだ」

苦々しさを隠そうともせず生きものがぼやく。

「小説や漫画の登場人物はたいがい『キャー』と絹を引き裂くような悲鳴をあげる癖に、実在のオマエタチときたら例外なく『ぎぃやー』だ。三オクターヴは低い。そして濁《にご》っている。心の鏡か」

胸の上に乗っているものの風采は、カオルコの認識としてはねずみのように思える。しかしなんだか全体にみすぼらしいし、これっぽっちも可愛《かわい》くない上に態度がでかくてむかつく。おまけにぶかぶかの帽子と錆《さ》びついたゴーグルを掛けていると来た。

「オマエが図書委員か」

問題の生きもの、すなわち古本ねずみはカオルコをそのように呼んだ。

「ああ、あたしはコヒヤマカオルコ。まあまあ本好きな十六歳」

「名前など聞いておらん。おれも名乗ってないだろう」

「ああ、ブレイモノなんだ。了解」

「おれは古本ねずみだ」

闖入者《ちんにゆうしや》はいらいらと言った。ここで名乗っておかないと今後ずっとブレイモノ呼ばわりされる予感があったからである。

「単刀直入に言う。仕事を紹介しに来たんだが、やる気はあるかな」

カオルコの目がぶわっと見開かれる。

「ああ、ちょっと前に学校に来たよ貴方《あなた》みたいな人。校門のとこで『この学校の体育教師にヤマノイゆうんがおるやろ』って声かけてくるから、あたし習ってないんで知りませんってうそついたら『そっか。なら仕方ないな。姉ちゃん仕事紹介したろか』って言われた。うわ怖《こわ》っと思ってありがとうございます間に合ってますって断ったよ。ヤマノイ先生ごく温厚な感じなんだけど闇営業とかしてるのかねえ」

「おれは闇営業じゃない」

古本ねずみはここに来たことをやや後悔しはじめていた。

「話を聞く気がないのなら帰るぞ」

「ああ、いいけど。不審者の声かけ事案ってことで周知させておくから、今後半径二キロくらいの女子高生は誰もブルゾンちえみの話を聞かないよ」

「小学校の学区内程度の影響力か。あとおれはブルゾンちえみじゃない。古本ねずみだ」

古本ねずみはため息をつくと簞笥《たんす》の上に避難して腰を落ち着けた。

「話を聞いたら基本的に引き受けてもらうが。あまり拡散されると困るのでな」

重しが退《ど》いたので、少女はそそくさと起き上がるとパジャマを脱ぎ始める。

「いいから話してくれるかな。聞いた上で、やるかやらないかはあたしが決めます。そこのズボン取ってくれる？」

「道理だな」

ふむ。やはりおれの判断は間違ってないのかもしれない。ズボンを丸めて放り投げながら、古本ねずみ、つまりマリエの町の公証人は、要件を簡潔に告げた。

「多少めんどうな裁判の判事を務めてもらいたい。報酬は子ども用ブリタニカ百科事典全巻」

ズボンを受け取ったカオルコの動きが止まった。すこし首を傾《かし》げて、えへへとおもしろそうに笑う。

「ちょっと割のいいバイトみたい。うん、やる」

3

「裁判官とは古来聖職であった」

きれいに晴れた秋の朝、古本ねずみとコヒヤマカオルコを乗せた列車はがたんごとんと音をたてて広い沼を渡っていた。とねりこライナーはとねりこ県の公共交通の中軸となるローカル線である。うちらの方にも似たような名前の路線があるなとカオルコは思いながら、分厚いファイルに目を通していた。予習用に渡された過去の判例である。

古本ねずみは説明を続けた。

「司直はこの澄んだ水面《みなも》のように公明正大であらねばならない。なおかつ、我らの前に立ちはだかる巨悪に敢然と立ち向かわねばならない。そのように考えた、先の司法長官トレロカモミロは、この沼地に法の守護神たる国立裁判所を配置し、そのシンボルとして『巨人殺し《ジャイアントキリング》』という名の塔を建立《こんりゅう》した。あそこに見える傾《かし》いだ建物がそうだ」

「傾いでるんだ。あとこの沼の水めっちゃ濁ってますけど」

「理想と現実はたいがい乖離《かいり》する。水清ければ魚棲《うおす》まずというからな」

公証人は首を振った。

「社会生活で起きるごたごたを、あくまで現実に即して処理するのがおれたちの仕事だよ。そのへんは承知しておいてもらいたい」

「裁判官って」

古本ねずみの言葉を聞いているのかいないのか、カオルコがファイルから顔を上げて口を挟む。

「やっぱり町人のふりをして一部始終を見届けておいて、裁判のクライマックスになって『じつは全部お見通しなんだぜ』ってイレズミ見せびらかして判決を申しわたすとかそういう感じ？効率悪いよね。犯行の最中に現行犯でしょっぴいた方がよくない？」

「それすっごい限定された裁判の話してるよな」

がたんごとんがたん。

ファイルを閉じ、車窓からカオルコは身を乗り出す。

かれらの乗る客車は小さな機関車に牽引《けんいん》され、水上に器用に敷かれた線路を走っていた。煙突から間欠的《かんけつ》に吐き出される煙が、淀《よど》んだ水面に影を落としている。

「ああ、こんな小娘に何も大それた期待はしてないってことは判《わか》るよ。ご心配なく。ブリタニカ分の働きは、やります」

古本ねずみは思いのほか端整な少女の横顔を見た。自分は当たりくじを引いたのか外れを引いたのか、いまだにさっぱり判らない。

「あんまり身を乗り出すな。沼に落ちるんなら仕事を済ませてからにしてくれ」

カオルコは答えない。行く手に屹立《きつりつ》するのが『巨人殺し《ジャイアントキリング》』かな。なるほど盛大に斜めっている。その天辺《てっぺん》から突き出した、四本の大きな腕木を支えきれなくなっているのだろうか。

「本日審理の対象となる案件のうち、とくにめんどくさい分を大法廷で裁き、オマエにはその際の判事を務めてもらう。残りの調停はこちらで片付ける」

傾いだモニュメントにほど近い沼の水面から、二本の脚がにょっきりと突き出している風景を、カオルコは見ていた。

(ああ、この景色なら知ってる)

彼女は満足そうに腰を下ろすと頬杖《ほおづえ》を突いた。なんとか、やれそうな気がする。少なくとも退屈はせずに済みそうだ。うまいこと片付けて、帰って子ども用ブリタニカを読みあさろう。

ごとんごとんごとーん。

ゆるゆると速度を落としつつ、列車が桟橋状のプラットホームに入ってゆく。終着駅への入線を知らせるチャイムが控えめに鳴り響いた。乗客たちは顔を上げ、桟橋から延びる階段が司法の塔へと続いているのを見た。

開廷までほぼ一時間。あくまで予定通りにものごとを進めるのが、マリエの町の公証人の性分であった。

4

「なんでロバの耳よ？」

コヒヤマカオルコが被《かぶ》せられた鬘《かつら》には大きな動物の耳が生えていた。控え室の鏡を見たら意外と可愛かったので個人的にはOKだったのだが、いちおう文句を言ってみる。

「獬豸《かいち》冠だ。法律を執行するものの証《あかし》だから黙って被っておきなさい」

「ああ、獬豸は非道の者を角《つの》で突き倒す性質から、理《ことわり》を正すものとして法治の象徴とされた妖怪でしょ。属性としては一角獣に近い。でも肝心の角生えてないよこれ」

古本ねずみがこの少女に出会って以来かれこれ二十五回目のため息をついた。

「名前の由来としてはその通りだ。デザイン上の理由は、まあ後で聞くこともあるだろう。とりあえず、もう時間だ。入廷するぞ」

古本ねずみは法の番人らしく黒いローブを羽織り、必要な案件が詳細に記された分厚いノートを携えると、先に立って通路を進んで行った。ロバの耳を生やしたカオルコが、これもゆったりとした法衣を纏《まと》って後に続く。

大法廷にはすでに人がそこそこ集まっていた。カオルコが見渡すと奥のひときわ高い席が空いている。さてはあれが裁判官の椅子と見定めそちらに進もうとして、連れに止められた。

「あれは中央から見物にやってくる偉いさんの場所だ。オマエはこっち、おれの隣に座れ」

アルバイト裁判官はぶーとふくれっ面《つら》をしたが、鬘から出ている紐《ひも》を引くことでロバ耳を操れると気づいて、そっちに夢中になることにした。かなり自在に動かせる技を習得したあたりで、場内にアナウンスが流れる。

「これより首席判事・最高顧問デンドロビウム卿、ご出座。皆様ご起立願います」

大法廷が水を打ったように静まり返り、ひとびとは高名な法学者の登場を待ち受けた。

デンドロビウム卿は長身痩軀《そうく》、落ち武者頭で木で彫ったような顔のへの字口の老人だった。頑丈な杖《つえ》を突きながらゆっくりと歩を進め、くだんの奥の椅子に着席する。なるほどこれが中央から見物にやってきた偉いさんなのだ。カオルコは納得してロバ耳をでれんと垂らした。

その動きを見逃さず、偉いさんが声を発した。

「ああ、そこな娘」

「本日の臨時裁判官代行です、首席判事殿」

「承知している。そのロバは愚者の象徴だ。あらゆる言葉を愚者の耳でありのままに聴きなさい。そして賢者の頭で判断しなさい。それが、今日の君の責務だ」

カオルコに口を挟む隙を与えず、最高顧問は椅子に身を沈めて目を閉じた。相変わらず食えない爺《じい》さんだと古本ねずみは思う。もっとも、食えなさではこの娘もいい勝負だと思うが。えへん、えへん。

「えー」

「えーじゃない」

公証人の咳払《せきばら》いに、カオルコはふと我に返った。右手に木槌《ガベル》を持つと、台を二度強く叩《たた》く。かんかんと法廷に澄んだ音が響き渡り、出席者たちがいっせいに彼女の方を見る。

「口上を」

低い声で公証人が促し、カオルコは頷《うなず》いてぴんと胸を張った。

「本日これより本法廷においてマリエの町におけるもろもろの憂いを払う。当職臨時裁判官代行コヒヤマカオルコは、法の名のもとに公正なる判断を示すべく、この一日つとめて思慮深くありたいと願うものである。ああ、要するに、明日に引っ張るわけにもいかないんで、文句があったらその都度言ってくれると助かる」

首席判事のへの字口が、すこし笑ったように歪《ゆが》むのを公証人は横目で確認し、第一の案件の当事者を招じ入れた。

「ふたりの母親とその子どもよ、入りなさい」

5

呼び出しを聞いた時点で状況がだいたい飲み込めた気がしたカオルコだったが、いざ本人たちが現れるとなんだか思ったのと違うので興味を覚えた。

「ひとりめの母親は陳述を」

顔を上げて一歩前に出たのは、やや派手めのメイクを施した踊り子風の女性である。こっちは、カルメン。カオルコは脳内で勝手にあだ名をつける。

「しばらく前のヴンダーカンマーのお祭りの日、あたいが仕事帰りに託児所からこの子を引き取って帰ろうとすると、この女が」

カルメンがふたりめの母親を顎《あご》で指し示す。

「急にそれは自分の息子だ、これは誘拐だって言い出すじゃないですか。びっくりするやら腹が立つやらで大騒ぎになっちまって、お巡《まわ》り……さんに捕まっちゃったんですよ。とにかくこの子はあたいが産んだんで、はやく連れて帰りたいんですけど」

「ふたりめの母親、どうぞ」

こちらは清楚《せいそ》な身なりのおとなしい雰囲気の女性だ。深窓の令嬢っぽい感じもある。ベアトリーチェ・花子《はなこ》と呼ぼう。長いから花子でいいか。

「いいえ、託児所にこの子を預けていたのは私です。横取りしたのは、この人の方です」

さめざめと泣く花子。血相を変えて摑《つか》みかかろうとするカルメンをすかさず係官が制止する。

「ふうむ。なるほど相判った」

ロバの耳をいじりながら、カオルコが口を開いた。

「ふたりの母親のどちらかが本物、という主題は大岡越前《おおおかえちぜん》の裁きで有名である。ああ、元ネタはおそらく旧約聖書の列王記に出てくるソロモンの知恵の話だ。いずれにせよヒトの子の話ではあった。しかし」

争うふたりとは少し離れて、あけびの蔓《つる》で編んだゆりかごに寝かされた子どもを、カオルコはまじまじと見つめた。

「これは、河童《かっぱ》の子……では、ないかな？」

場内がざわめく。古本ねずみが木槌《ガベル》を奪うとかんかんかんと連打し、静粛にと声を上げる。

俄《にわ》かに注目を浴びた乳飲み子《ちのご》は、なるほど確かに頭の上に皿があった。ぐーぱーをするちいさな掌《てのひら》には水かきが認められる。いかにも、河童の子のようであった。

答えたのは恥ずかしそうに頬に手を当てた花子である。

「はい……。裁判官閣下はご存じかと思いますが、河童の雄というものは人間の女性を好み、しばしばこれを孕《はら》ませます。そのような過ちから、生まれた子ではありました。でも、私にとっては大事な息子です。クラバックという名前でございます」

「ひとの子に勝手に名前つけるな！　うちの子はガタローだ」

花子は芥川龍之介《あくたがわりゅうのすけ》の読者か。カルメンは珍遊記かな。カオルコは古本ねずみに声をかけた。

「公証人。託児所の者はなんと証言しておるのか？」

「『河童の子なんてどれも同じで……』と申しております」

「それアウトでしょ。施設の免許を取り上げるように。さて」

鋭い視線をふたりの女性に向けると、母親たちはぴりっと緊張した。

「賢者ソロモンは剣で子どもをまっぷたつにせよと命じ、大岡忠相《ただすけ》は子どもの腕を引っ張れと言った。当職は血を見るのを好まぬ。よって、この場で腕の引っ張り合いをしてもらおう」

カオルコは改めて正面に向き直り、胸を張ってロバ耳を立てた。

「判決を申し渡す。両側より子どもの腕を引っ張って、みごと引き寄せられた方が本当の親」

不穏な空気を察してか、河童の子がキャァと声を上げる。表情の豊かなカルメンがさあっと青ざめた。

「え、裁判官ってそんな酷《ひど》いこと命令できんの？　信じられない。無理だよ痛がるよ」

「さよう。なんなら島送りとか市中引き回しの上獄門とか申し渡すこともできますよ」

とりつくしまもない。公証人は目を閉じて聞いている。

「判りました」

対する花子が静かに言い放ち、ひとびとはいっせいにそっちの方を見た。

「仰せに従いましょう。どちらが本当の母親か、証明できると思います」

公証人が深く頷き、カオルコがロバの耳を揃《そろ》えてピンと立てる。

「よろしい。では、せーので引っ張ってもらおう」

6

「はっ？」

古本ねずみの片眉がぐっと吊《つ》り上がる。

「僭越《せんえつ》ながら、いまの反応でどちらが本物なのかは明白なのでは？　実際に引き合わずとも」

「僭越だねえ」

鬘の巻き毛を指に巻きながら、裁判官様は機嫌よく答えた。

「いいから、まあ、やってみようよ。減るもんじゃなし」

花子はすでにクラバックの右手をしっかり握っている。仕方なくカルメンも慌てて駆け寄るとガタローの左手を持った。すかさずカオルコがふたりをけしかける。

「せーのっ」

「ま、待ちなさい」

思わず古本ねずみが立ち上がるのと、花子がぐいっと子どもの手を引っ張るのと、ほぼ同時だった。

しゅるしゅるしゅるしゅる。

「ぎぃやー」

低い濁った叫び声を上げたのは、手を離したカルメンである。

「手が、腕が……抜けた！」

見よ！　カルメンが離した左手はすっかり縮まって肩にくっついている。その代わりに、花子が引っ張った右手がびよーんと倍の長さに伸びているではないか！　これを奇観と言わずしてなんと言おう。

「大丈夫、抜けてないから」

花子はにこにこ笑うと今度は左手を持って引っ張り、両腕をだいたい同じ長さに揃えた。ネクタイを結ぶ塩梅《あんばい》である。母親に抱き上げられ、河童の子はキャッキャと嬉《うれ》しそうな声を上げている。

呆気《あつけ》にとられているカルメン女史と古本ねずみに対し、カオルコは簡単に事情を説明した。

「ああ、河童の腕って体内でつながってるんだよ。中国の妖怪である通臂猿猴《つうひえんこう》に由来するともいう。まあ、お母さんなら知ってて欲しかったね」

くすくす笑って偽物の母親に声をかける。

「たぶん何か事情はあると思うけど、ひと様の子どもを偽って自分のものにするのは泥棒。本当のお母さんにきちんと謝って、何をしたら許してもらえるか聞いておくこと。それが当法廷の仕置の代わりです。で、どうかな」

公証人の方を見ると、ものすごいしわしわの渋い顔をしている。

「軽いか。こんな感じじゃダメ？」

「いや……公証人は妥当と考えます」

古本ねずみは首を振った。渋面《じゅうめん》を作っているのは、騙《だま》されかけた自分が情けないのである。

「子どもが痛がることを嫌う方が本物だと思ってしまった……」

「公証人は素直だねえ」

「裁判官はどこで河童に関する知見を得たのだ？」

「図書委員だからね」

カオルコはロバ耳をぱたぱたさせて言った。

「毎日本に埋もれていると、本を読むくらいしかすることがないんだ」

「耳が痛い」

古書店主である公証人の渋面がさらに輪をかけてしわしわになる。ただまあ、やっぱりおれの勘に狂いはなかったのだ。よし、やれるところまで、やってもらおう。

「第二の案件の審理に移る。司書ねずみ、前へ」

7

司書ねずみの名を皆さんはご記憶であろう。そう、他ならぬ古本ねずみの親類であり、壮麗なる国立図書館にお住まいのディレッタント様である。働く必要がないので大概いつも眠そうにしており、今回も公証人が金切り声を上げげて促すまでは控えの席で熟睡していた。

「めんどくさいなあ。ああ眠い」

のそのそと出てきたのを見ると、可愛らしい白ねずみを連れている。

「可愛いだろう。これはおいらの娘のラパンナジールだよ。年頃になったので婿《むこ》を取ろうと思ってるんだ」

ラパンナジールってうさぎの名前だよなとカオルコは思うが、とりあえず突っ込みは保留した。

司書ねずみと娘は眠たそうに証言台によじ登る。

「古本氏は知ってるだろうがおいらの家はそこそこ格式がある。せっかくだから天下一の婿が欲しい」

（ああ、これもだいたい判ったぞ）

カオルコは鬘の巻き毛を弄《もてあそ》びはじめた。

「だから、天下でいちばんえらいのは誰かって話になったんだ」

「うんうん。そんならまずは太陽のところに談判に行ったな。太陽えらいもんな」

「よくご存じで。ところがおひさまは『自分は雲に隠される、雲の方が強い』って断りなさる。それじゃその雲とやらを婿にもらおうってんで、そっちを訪ねる。すると今度は雲氏が」

「おれを吹き飛ばす風の方が偉いと言ったんだろう」

「御意《ぎょい》。それで仕方がないから風博士に会いに行った」

「風博士？」

なにやら雲行きが怪しくなって来たので、カオルコが居ずまいを正す。

「ちょっと待て。風博士の仇敵《きゅうてき》といえば蛸《たこ》博士ではないか？」

「よくご存じで」

「何の話をしている？」

不安そうに古本ねずみが口を挟む。

「ちょっと坂口安吾《さかぐちあんご》に寄り道をした。気にするな。訴訟人は論告を続けよ」

風博士は安吾最初期の短編である。後年の作風からは想像できないナンセンス風味が楽しい。いや無頼《ぶらい》派の安吾も好きだけれども。カオルコは司書ねずみの言葉を待った。

「ご承知のように風博士は行方不明なので、まあ蛸博士のところに行ったわけですよ。すると蛸野郎めが」

「蛸野郎めが？」

「『風博士に勝利した余ではあるが、ねずみには必ず齧られてしまう。然《しか》り、ねずみこそ天《あめ》が下の強き者である』と」

「なんだ、着地点は同じなのか」

カオルコがロバ耳をだらりと垂らす。

「そんなら、やっぱりねずみがえらいからねずみと結婚するって結論じゃないの？」

「そうなんですが、本人がそれじゃ嫌だって言うもんで」

「は？」

司書ねずみの横に控えていた白ねずみが、ちいさな声で不満を表明した。

「だって、ねずみー、猫に食べられちゃうじゃないですかあ」

8

一同しばし毒気を抜かれた体《てい》になる。ややあって、カオルコが頷いた。

「ああ、うん。食べられちゃうな確かに」

「だから猫と結婚するってきかないんで、困ってるんだ、これが。どうよ裁判官閣下」

司書ねずみがお手上げだと言わんばかりにみじかい前脚を上げた。

いやこれ裁判でどうにかする話なのか。カオルコは思うが、白ねずみにとっては一生の問題ではあろう。行きずりの裁判官ではあるが、これも何かの縁だ。身を乗り出し、娘に声をかけた。

「ラパンナジール嬢、当職が思うに貴女《あなた》も食べられちゃうのではないかな、猫と結婚すると」

「そのときは愛に殉じます」

「おう……すると誰か、意中の相手とかいたりするのかな」

「いいえ、猫だったら別に誰でも」

古本ねずみが深いため息をつく。

「一途《いちず》なのか何なのかよく判らん。司書ねずみお前どんな教育をした」

訴訟人の返事がないので見ると、証言台の上でぐうぐう寝ている。言いたいことは言ったので満足したのだろう。そうだ、そういうやつだった。ついでに言うと娘の方も一緒に寝ている。これは埒《らち》があかない。

「一時休廷。開廷は十五分後」

かんかんかんかん。カオルコが木槌《ガベル》を四回叩き、いったんその場を締めた。公証人は膝を崩し、いまいましげな顔で証言台を見下ろす。

「どうする気だ裁判官。こいつらめっちゃ非協力的やぞ」

「ああ、整理しよう。本件の解決策はおおまかに三つある」

着席したままカオルコは呟《つぶや》いた。

「一、猫と結婚する。二、猫以外の誰かと結婚する。三、結婚自体を取りやめる。公証人」

「何だね」

「公証人は、現実に即して処理するのがわれわれの仕事だと言ったな」

「ああ」

「今回の場合、結婚イコール人身御供《ひとみごくう》となる一番は現実的な解決とは言えない。ではどうすれば彼女の目を猫以外に向けさせることができるか。公証人」

「何だよ」

「ちょっと思い出したことがある。行きに見せてもらった過去の判例ファイルを出して欲しい。未解決事件の分でいいから」

この娘は何を考えているのか。古本ねずみは眉根を寄せつつ、裁判官の注文に従った。渡されたファイルをぱらぱらと眺めるカオルコは、いかにも気のない様子である。

そんなふたりのやりとりを、これも表情の読めない顔でデンドロビウム卿がじっと見つめている。

「あった。これだ」

ページをめくる手が止まった。その手元を覗《のぞ》き込み、古本ねずみがほほうという顔をする。

タンパラララタ、タンパラララタ、ペタンペタンペタン。

折しも休廷終了のジングルが鳴り響き、カオルコは木槌《ガベル》を叩いた。

「十五分経過。開廷！」

9

「訴訟人、傍聴人および公証人、書記官並びに首席判事殿。当職よりひとつ要望がある。ああ、訴訟人、起きろ訴訟人。起きないと胸の肉一ポンドを切り取るぞ」

「ふわあ。一滴の血も流さずにお願いできるかな。判った起きるよ」

眠たい訴訟人がうーんと伸びをして娘をゆり起こす。公証人が空気を読まずに口を挟む。

「裁判官。司書ねずみの体重は三〇グラム程度です。一ポンド＝四五三・六グラムを得るには十五人ぐらいが必要です」

ここで沈黙を守っていた首席判事デンドロビウム卿が口を開いた。

「あー、マリエの公証人はこの裁判が終わったらシェイクスピア『ヴェニスの商人』を読んでおくように。裁判官、続けたまえ。要望とは何か」

「閣下、ありがとうございます」

カオルコはロバ耳で礼をして、正面に向き直った。

「裁判官は本件に関連して、かつて審理された問題をいまいちど蒸し返したいと考える。訴訟人」

「あいよ」

「訴訟人は一昨年の夏、図書館で飼っている猫がねずみを獲《と》るので困るという訴えを起こしている。その際の判決を覚えているか」

　司書ねずみが腕組みをして思い出そうとするのを、古本ねずみが慌てて制する。

「裁判官、こいつに考えさせると寝てしまいます。無視してそちらで情報を開示してください」

「承知した。では、当時の判決文を読み上げる」

　ファイルから記録を抜き出すと、カオルコは満座に示した。

「『当職の考えるに、ねずみ諸君が容易に猫の餌食《えじき》となってしまうのはつまり、熟練の捕食者が被害者にその接近を悟られないためである。これを解決するには即《すなわ》ち、常時猫の存在をねずみ諸君に知らしむることが肝要である。拠《よ》って申し渡す。ねずみ諸君にあっては直《ただ》ちに問題の猫の首に鈴をば装着すること。さすれば鈴はいつ如何《いか》なる時も、その音色にて猫の接近を詳《つまび》らかにするであろう』」

「なんて？」

　うさん臭そうな顔で白ねずみが尋ね、カオルコは優しく教える。

「『猫に鈴をつければ良い、音がするから判るだろう』という話だ」

「おお、頭いい。私その人と結婚する」

「早まるな。この裁判官はあほだ」

　カオルコはにべもない。

「『猫の首に鈴をつける《ベル・ザ・キャット》』という慣用表現はアイソーポス《イソップ》の寓話《ぐうわ》に始まるとされ、その教訓は『どんな名案でも実行されなければ意味がない』。確かに猫に鈴をつければ猫の居場所は判るだろう。では、誰がその鈴をつけにゆく？　今日に至るまで行った者はいない。従って本件は未解決のままだ」

「判った。結婚しない」

「ラパンは賢いな。公証人、その後図書館ねずみの被害状況の報告はあるか」

「お待ちを」

古本ねずみが落ち着き払って専用の端末を操作する。

「国立図書館長の愛猫ヴァルプルギス・ナハトは、月におよそ一尾の割合で同館のねずみを退治しているとの統計があります」

「ありがとう。勤勉なことだ」

ここでカオルコはふたたび白ねずみに向き直った。

「ついては、ラパンナジール嬢に当職からひとつ質問がある。たとえばここで危険を顧《かえり》みず猫に鈴をつけようとする勇者があらわれた場合、貴女はその者をどう思う？」

やや間があって、白ねずみは両手を胸の前でぎゅっと握りしめると、目を輝かせて叫んだ。

「とっても、とっても素敵な人だと思う！」

木槌《ガベル》をかあんと一度打ち鳴らし、カオルコは一座を睥睨《へいげい》した。

「当職はここに改めて提案する。勤勉なる図書館猫ヴァルプルギス・ナハトに鈴をつけることができた者は、司書ねずみの令嬢ラパンナジールと結婚する権利を獲得するものとしたい。もちろん」

にっこり笑って白ねずみに目をやる。

「貴女が自分で行ってもいいのだよ？」

10

午前の審理が終わると、古本ねずみはカオルコをラウンジへ誘った。

「喫煙所だったら、付き合いませんよ」

「ご明察。だが、ヤニハッカは副流煙は出ない。おれがヤニ臭くなるだけだから気にするな」

「それが嫌なんだけどな」

ぶつぶつ言いながらもカオルコは古本ねずみを追って石造りの階段を上がった。

「猫の鈴の件はあれで大丈夫かな」

「上出来だ。先の判決はただ無茶振りしただけで報酬が用意されていなかった。なんの見返りもなしに虎の穴に入るむこうみずを募集しても、そりゃ無理というものだ。オマエはそこにちゃんと虎の子を置いてやった。白ねずみは親に似ず器量好《よ》しだから、知恵を絞る者も出てくるだろう」

「そっか。良かった」

ラウンジは塔の最上階にあり、大きな窓から入る風は涼しかった。眼下にはさっき渡ってきた大きな沼が広がり、おもちゃのような汽車がぽっぽっとけむを噴いている。遠くの丘は小麦色に焼け、牧草を食《は》む羊たちの姿が点々と散らばっていた。

「いい眺めであろう」

先客が声をかけた。長身の影がゆらりと動き、古本ねずみが思わずはっと身構える。声の主は本法廷の最高顧問にして首席判事、高名なるデンドロビウム卿その人であった。

「十月の景色をここから見るのはずいぶん久しぶりだ」

古本ねずみはぎくりとした様子でヤニハッカを噛み潰した。

「マリエの公証人は勉強家のようだが、惜しむらくは慣例には疎《うと》かったようだな。マリエの裁判官、ええとコヒルイマキカオル君」

「惜しい。コヒヤマカオルコです。覚えようとして下さった努力の跡が窺《うかが》えて微妙に光栄です」

「うむ。この町、ぶっちゃけたいした事件は無いだろう」

「そうですね。今のところ、だいたい頓智《とんち》で切り抜けられる感じですね」

「そうだ。だからな、秋の公判は別に開かなくてもよいのだよ。というより、十月は裁判を行わないのが通例であった。ただし」

古本ねずみの目がまんまるになる。アンデルセンの童話『火打ち箱』に水車のような目をした犬というのが出てきて、子ども心にどういう状態かまったく見当がつかなかったのだが、たぶんこんな感じを指して言ったのに違いない。カオルコは多少の満足をおぼえた。

「重大な事件が発生した場合は別だ。今回のように」

「今回……？」

「コヒヤマカオルコ君」

デンドロビウム卿はそれには答えず、再度カオルコに話題をふった。

「『巨人殺し《ジャイアントキリング》』を外から見た際、何かに似ていると思わなかったかね?」

「思いました」

カオルコは右手を胸に当てて(左手はロバ耳を操作しながら)しずかに暗誦《あんしょう》した。

『サンチョ、見えるか? あの途方もない巨人の群れが』

『ご主人様、ありゃ巨人でなく風車ですだよ』

首席判事は満足げに深く頷いた。

「この塔は風車なのだ。勇猛なるラ・マンチャの騎士にその槍《やり》で突きかかられて傾いでしまった、はかない巨人の正体を模したモニュメントなのだ」

11

「端倪《たんげい》すべからざる先の司法長官トレロカモミロは、ドン・キホーテ物語が大好きだった」

眼差《まなざ》しに懐《ゆか》しさを湛《たた》えてデンドロビウム卿は続けた。

「物語の後半、悪戯《いたずら》好きの公爵の計らいで従者サンチョ・パンサがある島の統治を任されるくだりがある。カオルコ君はご存じであろう」

「はい。新しく領主となった島で、彼は住民たちに難問を持ちかけられます。ところが、お間抜けで通っていたはずのサンチョはソロモン王ばりの知恵を発揮。難事件をみごとに裁いてしまう」

「驚く一同に対して、サンチョ・パンサは言った。よしんば上に立つ者がうすのろであっても、その判断は神によって導かれることがある。また、そうしてもらわなければ、支配者というのはうすのろと何ら変わりはないのだ、と」

首席判事殿はゆっくりと身を起こした。

「裁きとは人のわざに非《あら》ず、そは神意である。マリエの公証人、覚えておきたまえ。神無月《かんなづき》、神のいない十月、この国では裁判は行われないのだよ」

ここに至って古本ねずみもまた姿勢を正した。

「そういう事情でしたか……。だのに、私は重大な罪を犯してしまった」

窓際に立った彼が見下ろした水面には、誰かの脚が二本、にょっきりと突き出ている。ここに来る途中、車窓から見た風景だ。

「あれがほんものの裁判官、マヨラムの郷士殿です」

「ああ、犬神佐清《いぬがみすけきよ》かと思ってた。よく『獄門島』と混同されるけど、水面から脚が突き出ている被害者は『犬神家の一族』だよね」

カオルコの説明を無視して、古本ねずみが懺悔《ざんげ》する。

「このラウンジで言い争っていて、胸を突いたはずみで落ちてしまいました」

しょんぼりと項垂《うなだ》れる。

「ここ、ずいぶん傾いでるもんね。危ないよね」

「『巨人殺し《ジャイアントキリング》』は、正しい裁きが行われるごとにちょっとずつ傾くのでな」

デンドロビウム卿が水面を覗き込む。

「傾斜角が増すのは悪いことではないのだが」

「その後店に戻って悶々《もんもん》としていたら」

「本を齧ったとたん天啓が閃《ひらめ》いて私を呼びに来たんでしょ。そのあたりは聞いたよ」

秋風を頬に受けて穏やかな表情のカオルコが話を引き取る。

「それで、古本氏が齧ったのって宮沢賢治《みやざわけんじ》『どんぐりと山猫』なんだろうなって思ったんだ。めんどなさいばんに困った山猫が、かねた一郎くんに裁判官を頼む話。違う？」

「オマエには敵《かな》わないな」

古本ねずみは苦笑し、相変わらず思いのほか端整なカオルコの横顔を見た。なんでロバの耳が似合ってるんだろうか、この娘は。

「では、この殺人犯をどう裁くかね、裁判官代理殿」

「そうだね。とりあえず罪名はまだ確定してないんじゃないだろうか。ねえ公証人」

カオルコは穏やかに語りかけた。

「さいしょの事件の河童の子、まだいるかな。河童は生まれてすぐ泳げるから、あの二本足助けてもらえるんじゃないかと思うんだ」

にっこりと笑う。

「あの人たぶん死んでないよ。だから、貴方はまだ殺人犯じゃない」

あんぐりと口を開ける古本ねずみ。そんな彼らを、デンドロビウム卿がちょっとだけ面白そうな顔で眺めていた。

12

「この世界にはぽこぽこ次元断層があってなあ」

そう、首席判事殿がカオルコに説明したのは、午後の審理も滞りなく片付いたあと、ラウンジから眺める夕陽《ゆうひ》が沼の西の涯《はて》に沈もうとする頃だった。

「ぽこぽこあるんだ。大変」

「『巨人殺し《ジャイアントキリング》』から落っこちた判事殿は水面に突き刺さった際、下半身を残してどこか別の世界に顔を出すことができた。脚がこっちに残ってたから身動きはできなかったが、溺《おぼ》れることもなかったのだな」

「ああ、だいたい判った。古本ねずみのお店の本の山は、だからあたしのふとんの上に繋《つな》がってたんだ」

古本ねずみの不愉快な顔を思い出して、カオルコはけらけらと笑った。

「出口が君の寝室で良かったな」

「あたしはすごい迷惑です」

「いや、ねずみの出てきたところが山猫軒だったりしたら、それで話は終わっていただろう。河童の子は救われないから判事も佐清のままだろうし、白ねずみも図書館猫ヴァルプルギス・ナハトの餌になっていたかもしれん」

「他はともかく佐清は助けてもいいと思うんですけど」

「ともあれ、君のアルバイトは無事終わったことになる。そうだ。最後にひとつ、どうでもいいことを教えておこう」

「どうでもいいなら別にいいですけど」

「ロバを英語で何というか、知っておるかな?」

「ドンキーです」

「この世界の司法制度を整えたトレロカモミロ博士は、ミゲル・デ・セルバンテスの著作が好きだったと言ったろう」

「いやな予感がしてきました」

「君が気に入ってずっと被ってる裁判官用のロバ耳の獬豸冠な、『ドンキー法廷』って名前なんじゃよ」

「もういいです。ありがとうございました」

「わしから言うことは以上じゃ。公証人、あとは頼むぞ」

カオルコの判決により、執行猶予が申し渡された古本ねずみは、それでも少し不機嫌そうに言った。

「約束のブリタニカ全巻をオマエに渡さねばならん。自分で持って帰るか？」

「次元断層から送ってくれればいいじゃない」

「あれはガチャだからな。次はオマエの寝室に通じるかどうか判らない。ああ、いっぺんに持って帰るのが重かったら今回は一冊ってことでもいいぞ。今度機会があったらまた一冊。ほうら何年か後にはブリタニカ全巻があなたのお手元に」

「デアゴスティーニじゃないんだから。ぜんぶもらってくよ面倒くさい」

「そうか」

古本ねずみはそっぽを向いて、ぶっきら棒に、それでも少し照れくさそうに付け加えた。

「頼んだのがオマエで良かった。助かったよ、ありがとう」


だから今、子ども用のブリタニカ百科事典はコヒヤマカオルコの私室の本棚に並んでおり、その後古本ねずみからのアプローチはない。

布団の上に転がってロバ耳で遊ぶカオルコは、やっぱり分冊扱いにしておけば良かったのかな、と考える。そしたら、またあの不愉快な顔にちょくちょく会えたのかもしれない。それとも、ガチャだって言ってたからやっぱり無理なのかな。

いろいろあったけど、退屈はしなかったな。

コヒヤマカオルコの十六歳の十月は、もうすぐ終わる。

回転の作用機序

1

「ええ、いかにもわたしは退屈です」

彼女のそんなふうな言葉を聞くのはもう何度めになるだろう、と青年は考えていた。

相手は漆黒の毛皮を素肌にまとい、頭にはすっぽりと大きな山犬の仮面を被《かぶ》っている。がぶりと開かれた顎《あご》の奥に見え隠れする眼《め》は、たしかにやや ennui《アンニュイ》な色彩を帯びているのだった。

——そして、あと何度くらい聞くことになるのだろう。

2

この北のはずれの街は背景にぎざぎざに尖《とが》った真っ黒の山並みを配しており、稜線《りようせん》から湧き出す濃い霧がひたひたと下りてきては視界を覆い隠しがちになる。ヒヤデス君が初めて駅に降り立った際には、めがねがすっかり湿気で曇ってしまって往生した。見かねた駅長猫が山ねこ鉄道の社章入りのめがね拭きを渡してくれたものである。

「必需品ですよ。今ならくもり止めとセットで三十圓《えん》」

けちくさいなあと思ったが払った。払うついでに手頃な宿はないか尋ねてみたものだ。

「逗留《とうりゆう》は長いですか、短いですか」

南の方の貨幣を珍しそうにちょいちょいしながら駅長猫が問い返す。いつまでかは判《わか》らないが、少し腰を据えて逗留したい旨《むね》を伝えると、弄《いら》うのをやめてこちらの顔をじろじろ見てきた。

「だったら、あの観覧車を目指して歩くといい。だいたいなんとかなります」

見ると山の方角にやや場違いな感じの古びた観覧車が唐突に立っている。寂《さび》れて潰れた遊園地でもあるのだろうか。そんな漠然としたアドバイスなら三十圓返して欲しい。ヒヤデス君は眉根を寄せて不満を表明してみたが、猫は一向気にする気配はない。

「ここいらは鉱業がさかんなのです。あの黒い山をごらんなさい。ぜんぶ鉄電気石《てつでんきせき》です」

鉄電気石というのは鉄分の多い真っ黒なトルマリンの仲間である。結晶を熱すると電気を帯びるのでこの名がある。トルマリンとは言っても宝石的な価値はあまりない。

「へえ、そうなんですか」

あまり気の無い感じで答えると、猫は急に落ちつかないふうで、あっ汽車が入線しますから僕はこれでとバイオリンの箱の中でまるくなってしまった。

「すごい遠くの方からレールを伝ってがたんごとんやってくるのがどうも苦手でして。鉄道というのはうるさくていけません」

こんなだから猫は駅員や接客には向かないのだ。でもそれは別に悪いことじゃない。ヒヤデス君は肩を竦《すく》めると、ストーブの匂いがあたたかい駅舎を後にする。

「何か判らないことがあったら郵便局の角に立ってる案山子《かかし》に聞くといいですよ」

駅長の寝ぼけた声が背中に飛んできた。

判らないことなら山ほどある。初めて訪れる街のことは、よく判らないから新鮮だ。歌うたいなどという人種もあまり見受けられない気がする。

自分の育った南の街は、見渡すかぎり大海原《おおうなばら》と海鳥《うみどり》のむれだった。元気な男はみな船乗りになり、元気のない男は歌うたいになった。

（ぼくは元気がなかったわけじゃない）

自分は純粋に歌をうたいたかっただけである。しかし海辺の街にはフナムシ並にわらわらと同業者がおり、身を立てるのは容易ではなかった。だから旅に出た。

顔を上げると問題のくたびれた観覧車が浮かび上がって見えた。まあ、とりあえずあそこに辿《たど》り着こう。ヒヤデス君は歩みを速めた。

北の国の冬の、早い日没が迫っている。

3

「うわ」

慌てて帽子を押さえ、空いた手で摑《つか》んだ手すりから赤茶けた錆《さび》の粉が飛び散った。

今しがた足を滑らせかけた階段も、かろうじて足を載せる場所としての体裁は保っているものの、あらかた朽ち果てていると表現しても罰《ばち》は当たるまい。自分とこの観覧車といったいどちらが先にこの世から消え去るだろう。

帽子の青年紳士は口元を自嘲の笑みで歪《ゆが》ませつつ、そんなことを考えていた。

黒い観覧車の上の方は濃い霧の中に霞《かす》んで見えない。ただその足もとに位置する乗り場は、券売機のほか休憩所を兼ねたちょっと凝《こ》った造りの建造物になっており、そこまで辿り着くことが彼にとって当面の目標であった。

「ご心配なく」

ようやく休憩所の門扉に手を掛けたとき、聞き慣れた声が響いた。

「このアヌビスの環《わ》も貴男《あなた》も、まだ当分は滅びはしない」

開けた扉の向こう側、合わせ鏡じみて連続する室の一番奥に、いつものように彼女はその身を横たえていた。

「相変わらず何でもお見通しですか。遅くなりました」

「ええ、今日もわたしは退屈です」

彼女――山犬の仮面を被った人物は、床に肩肘を突いたまま鷹揚《おうよう》に頷《うなず》くと、予定の客を招じ入れた。ランダムに敷き詰められた黒い毛皮にくるまって、彼女はぽってりと生えた白いきのこのように見えた。

「貴男は」

靴を脱いで室に入ってきた紳士に声をかける。

「回る観覧車の窓から見える顔が、だんだん歳《とし》を取ってゆくのを見たことはない？」

訪問者の脳裏に、ゆっくりと回転する黒い観覧車のイメージが浮かぶ。一台のゴンドラにカメラが寄ると、乗っているのは彼自身で、その顔は見る間に皺《しわ》を増やし頬を弛《たる》ませぼろぼろと白髪《しらが》を抜け散らかしてゆく。

「……………」

「大丈夫」

仮面の奥の眼が悪戯《いたずら》っぽく煌《きら》めく。

「この観覧車はちょっとやそっとじゃ回らないからね」

アヌビスの環と呼ばれるその黒い観覧車はもう長いこと丘の上に屹立《きつりつ》していた。もしかすると遠い昔には遊園地の一部だったのかもしれず、あるいは子どもたちの笑顔を乗せて回っていた時期もあったのだろうか。しかしそのような来歴を知る者は殆《ほとん》どなく、同様に仮面の人物が何者であるかも判らなかった。ただ彼女はいつでも観覧車のたもとに居て、訪れる者に対して静かに名乗るだけだった。

「わたしはアヌビスの環の神官クロチルデ。だいたいいつも退屈しています」

いま神官はものうげな様子で顎から手を離すと、毛皮の上にゆっくりと、しかし極めて無造作に身を投げた。

「今日はどうやってわたしの無聊《ぶりよう》を慰めてくれるのかな」

深い声で問いかける。

紳士は帽子を脱ぐとおもむろにクロチルデの傍《そば》に手を突き、腰を下ろしてふしぎな犬頭の女性に目をやった。

黒い毛皮からすうと伸びた脚は一点の曇りもなく透きとおり、かるくはだけた襟元からは華奢《きゃしゃ》な白い胸がゆるやかに上下しているのが窺《うかが》える。

彼は目を逸《そ》らし、深い溜息《ためいき》をついた。

ふと毛皮の山が音もなく動き、なめらかな哺乳類が顔を出す。

飼い主に呼ばれ、鼻の尖った小さい豹《ひょう》のように見える動物は彼女の膝の上に居所を定めた。

「おいで、ナナ」

パームシベット。ジャコウネコ科に属するこの獣は神官の忠実なしもべであり、彼女とこのアヌビスの環に仇《あだ》なすものを許しはしない。

紳士は苦笑すると改めて敷物の上に座りなおし、口を開いた。

「では、今日は悪魔と音楽のお話をしましょうか」

パームシベットがぴんと耳を立てた。犬頭のクロチルデも姿勢を直して頬杖《ほおづえ》を突く。

闇の中に浮かぶゴンドラはぴくりとも動かない。

4

どっどっどっどっ、ちりんちりん。ちりんちりん。

ヒヤデス君が耳慣れぬ音に振り向くと、なんだかごちゃごちゃした乗り物が黒い煙を吐きながら坂道を上ってくるのが見えた。

（海辺の街にはああいうのは走ってなかったぞ）

それはブリキのトラックとボイラーを合体させたようなどうにもややこしい形をしており、強《し》いて言えば変形合体する石焼き芋の屋台に近い車輌《しゃりょう》だった。荷台には大きな丸いものがごろごろ積まれている。

「西瓜《すいか》？」

思わず声が漏れたのを聞き逃さず、運転手が声をかけた。

「ええ西瓜っすよ。おひとついかがですか」

ヒヤデス君がぶんぶんと首を振る。

「申し訳ないんですけど、西瓜って暑いときに食べたくないですか？」

「お客さん南の人っすね。北の人間ってのはね、閉め切った部屋でがんがんストーブ焚《た》いて夢中でアイスクリームを食べるんですよ。あっはっは」

「それは聞いたことあります。でも、アイスじゃなくて西瓜ですよこれ」

「細かいなお客さんモテないでしょ？　どうですか記念にひとつ、西瓜」

嚙《か》み合わない会話を続けるうちに、若者はふと気づいた。運転手の口ぶりは明るいのだが、声の調子がなんだかおかしい。狭いトンネルの中で大声を出したような奇妙な倍音が混ざっている。あと、どこか無機質だ。

子どもの頃に見た、西瓜と見せかけて生首を売っている男が出てくる映画のことを思い出し、ヒヤデス君は覚えず後ずさった。

「あっはっは。おや、どうしました」

問題の西瓜売りが運転席からひょいと顔を出す。

「ああ、お客さん鉄電気機関車見るの初めてなんすね？　この地方名産の鉄電気石を原料にした機関なんですよ。ちょっとすごいでしょう」

「いやそうじゃなくて。……ひょっとして西瓜売りさんも鉄電気石で動いてるんですか？」

筒状の頭部が鈍い金属光沢を放っている。怪しい西瓜売りはその乗機と同様、少なくとも外装がブリキ製であるようだった。

「あはあ」

ブリキの男が面白そうに笑う。

「気に入った。お客さんどこまで行くつもりっすか。乗せてってあげますぜ」

「あの観覧車に辿り着こうと思ってるんですが」

「アヌビスの環っすね。こいつあ奇遇だ。おれも向かうとこなんすよ。遠慮はいらねえ、乗ってくんな」

金属製なだけでとくに怖い人ではないらしい。相手を素材や原料で判断するのはよくない了見だ。ヒヤデス君は意を決してブリキ男の厚意に甘えることにした。

「どこに乗ればいいですか」

「運転席は手狭なんで荷台の方が広いやね。そのへんの西瓜避《よ》けて適当に座っとくれ」

よいしょと荷台に上ると、言われた通りに西瓜をどかす。ごろりと転がり出すのを慌てて手で押さえると、旧知の西瓜とは違う感触があった。

「これ生首だ」

ヒヤデス君は唸《うな》ったが、すでに鉄電気機関車は相応のスピードで坂を上り出している。ええい、ままよ。歌うたいの若者は西瓜と生首に囲まれてどっかとあぐらをかいた。乗りかかった船というか車輌である。アヌビスの環まで行けばなんとかなるだろう。今までもたいがいなんとかしてきた。これからも大丈夫さ。

どっどどっどどっ、ちりんちりん。ちりんちりん。

ヒヤデス君が通り過ぎる風景をぼんやり眺めていると、南の方ではすっかり見なくなった旧式の大きなポストが所在なさげに立っている建物がある。なるほどこれが駅長猫が言ってた郵便局かなと思う間に、破《わ》れ鐘のような声が響き渡った。

「おいこらブリキ、とんとお見限りではないか？」

5

（案山子……なのかな？）

駅長はたしか郵便局の角に立ってる案山子と言った。しかし今ヒヤデス君の前におっ立てられているのは、どう見ても竹竿《たけざお》にくくりつけられたぼろっちいウサギのぬいぐるみの類《たぐい》である。

「あー悪かったな。うん、元気そうじゃないか。良かった良かった。じゃあな」

運転席の窓も開けずに瓜売《うり》りが怒鳴った。スピードを緩める気配もない。ヒヤデス君が慌てて声をかける。

「あなたは案山子さんですか」

「いかにも、私は案山子の神クエビコである。自分で歩くことをしないが万物を知る者として神《かみ》代《よ》の昔より民の尊崇を集めておる。少彦名命《すくなひこなのみこと》が出雲《いずも》の海に流れ着いた折、その名を大国主命《おおくにぬしのみこと》に教えたのは私だ。君は何者かな」

「ぼくは歌うたいのヒヤデスです。南の国から来ました」

二人が会話を始めたので、瓜売りは大きな溜息をつくと仕方なく車を停《と》めた。

「山田《やまだ》の相手をすると長くなるから嫌なんだ」

「山田って呼ぶな、ブリキ」

「案山子は山田うどんの昔から山田って相場が決まってらあ」

「なにをう」

「駅長さんが」

ヒヤデス君が割って入る。

「判らないことは案山子さんに聞くようにって言ってました」

「おう駅長猫か。あいつは貰《もら》われてきたばかりの頃に私の腹を破いたから一生忘れない」

見ると確かに応急処置を施したと思《おぼ》しき縫い目がある。

「いつか地味に仕返ししてやるつもりだ。それはさておき若者、私を呼び止めたということは何か聞きたいことがあるのかな？」

「それは……」

ないこともないのだが、とヒヤデス君は考える。ここで尋ねると案山子の回答はきっと長くなるのに違いない。お尻に伝わるアイドリング中のどっどっどっどっという振動からは、すでに運転手の苛立《いらだ》ちが限界に近づいているように感じられる。といってわざわざ降りて相手をするのもなんだか業腹《ごうはら》だ。

「そうだ。山田さんも一緒に行きませんか」

「山田じゃないってば。何だって？」

「あー、そうだな」

反対されるかと思いきや、あっさり瓜売りが同意する。

「お客さん、そいつ引っこ抜いて荷台に積んじまいな。そしたら車出すから」

「判りました」

ヒヤデス君が飛び降りて歩み寄ると、案山子は言った。

「うむ。それなら郵便局の前の札を局長外出中にしておいてくれ」

「局長だったんですか」

「まあな」

局長兼案山子は抵抗することもなく、存外素直に引き抜かれると竹竿ごと荷台に乗せられた。

「観覧車はな。どうせそのうち行かねばならんと思っていたんだ」

「ああ、こっちもどうせいつかは連れて行かなきゃと思ってたんだ」

ブリキの男が呟《つぶや》いて鉄電気機関車をスタートさせた。ヒヤデス君は新たに乗り合わせた客に尋ねる。

「どうして観覧車に行くって判ったんです?」

「ブリキの巡回ルートだからね」

ごとごとと揺れながら案山子が答えた。

「瓜売りはいつも瓜と生首と、それから誰かを乗せて観覧車への坂道を上って行く。そして」

「そして?」

「ひとりで戻ってくるのさ。必ず」

どっどっどっどっ、ちりんちりん。

押し寄せはじめた夕闇に紛《まぎ》れて案山子の表情は見えない。

6

「昔イタリアにジュゼッペ・タルティーニという作曲家がおりました。ヴィヴァルディやバッハとだいたい同じ頃の人です」

紳士は語りはじめた。

「ある夜タルティーニが寝《やす》んでいると、夢の中に悪魔が出て来て言いました。

『お前の魂を売ってくれ。代わりになんでも願いを叶《かな》えてやる』

恐ろしさと好奇心に負け、タルティーニは夢の中の悪魔に魂を売りました。そして、愛用のバイオリンを手渡したのです。いったい悪魔はどんな演奏をするのだろうと思って。タルティーニ自身、バイオリンの名手でありました」

クロチルデは神妙な様子で聞き入っている。もっとも、その表情は仮面の下なので判らない。

「悪魔は楽器を手にすると、たちまち美しい音色を披露しました。人間界では到底聴くことのできない技術と完成度にタルティーニはすっかり心を奪われてしまったのですが、無情にもそこで目が覚めてしまいました」

こほん。咳《せき》をひとつ挟んで青年が続ける。

「起きるなりタルティーニは、今しがた夢の中で聞いたばかりの演奏を楽譜に書き留めようとしました。しかし、どうしても再現することはできなかったのです。

それでも、譜面をもとに構成したト短調のバイオリンソナタ『悪魔のトリル』は、彼が後世に残したもっとも有名な曲となったのでした」

「ふうん」

「どうですか」

「音楽のお話はいいねえ」

青年が期待した感想はない。傍《かたわ》らではパームシベットが大きなあくびをしている。アヌビスの環の神官様は、面白くなくはないがとくに満足もしていないのだ。

「魂を売ったタルティーニは死んだあとどうしたのかな。自分のポテンシャルが夢っていうかたちで引き出せたら便利だよねえ」

膝を抱えて座りなおす。

「わたしも小さい頃、悪魔と取り引きをしました」

「えっ」

「そのなれの果てが、こんな姿ですよ」

どこまで本気なのか判らない。紳士は戸惑いを覚える。もし悪魔との取り引きというものが実際にあるとすれば、今自分が直面しているのがそれではないのか。この気怠《けだる》い悪魔は何をご所望なのか。

音楽のお話はいいねえ、と彼女は言った。

「タルティーニよりずいぶん時代は下って」

しばらく考えた後、紳士はふたたび口を開いた。

「十九世紀のロシア国民楽派五人組のひとり、リムスキー＝コルサコフは若い頃は海軍士官でした」

「他の四人はバラキレフ、キュイ、ボロディン、ムソルグスキーね」

そうだ。彼女は決してものを知らないわけではない。教えてあげようという態度で接するのは、不遜だ。おれの知ってる程度の話なんかきっとぜんぶ承知している。

そういうことであれば。

「いわば船乗りとしての青年時代を過ごした彼が『シンドバッドの冒険』に心を惹《ひ》かれたのは当然のことといえましょう」

彼女にとって、この場でおれが語るべき話があるのだ。それを突きとめるまで、おれは話し続けるしかない。話すのを止《や》める訳にはいかない。

「そして長じたのちに完成させたのが、交響組曲『シェヘラザード』なのです」

どこからか音楽が流れ出し、パームシベットのナナが立ち上がると、部屋の隅の方に悠揚迫らぬ足どりで下がっていった。神官は相変わらず膝を抱えて彼の前に座っている。

7

「人聞きの悪い」

運転席から無機質な声が響き、荷台のヒヤデス君はかすかに寒気を覚えた。

「まるでおれが誘拐魔みたいな言い草だ」

「中《あた》らずといえども遠からず、ではないのか」

うっかり落ちないようにヒヤデス君が抱え込んだ竹竿の先で、案山子は容赦ない言葉を投げる。

「ほほう。証拠でもあるのかい」

「ブリキ君は九月、十二色入りのクレヨンを観覧車に運んで行った。十月は真っ赤なランドセルだった。十一月は古いピアノで、十二月は水栽培のクロッカス。一月にはビー玉とおはじきを連れて行き、そして今月は歌うたいの若者だ」

人間はぼくだけか、とヒヤデス君は思う。まあ今現在この車中においても道連れはブリキと案山子なので、状況はそう変わりはしない。あと西瓜と生首か。

「詳しいな。こりゃ参ったね」

「どうも出不精《でぶしょう》なものでな。すずめを追い払う以外は、記憶を更新し反芻《はんすう》して整理するくらいしかやることがないのだよ、案山子なんて仕事は」

「郵便局長の方はどうなんです」

「もっとやることがない。私は動かないから、来た客に指示を出して全部自分でやってもらうだけだ。そのかわり窓口は二十四時間年中無休。今は臨時休業中だけどな」

なるほどそういう仕組みか。ヒヤデス君はこまかく納得した。が、ブリキ氏の業務については不明のままである。案山子の郵便局長が誰に言うでもなく呟く。

「そういや昔読み聞かせてもらった漫画に、機械化世界の部品にするために若者を連れてゆく話があったなあ」

「おれも読んだことある、それ」

うっかり食いつきかけて、ブリキの男が咳払《せきばら》いをした。

「ゲフン。まあ、そんな無体なことはやってねえよ。歌うたい君は信じないかもだが」

「ああ、私も補足しておく。ブリキは見た目ほど悪いやつじゃないから」

「ぶっとばすぞ山田」

「あの観覧車も、昔はちゃんと回っていたんだよ。もう私くらいしか覚えていないだろうが」

運転手の挑発を受け流して、案山子がヒヤデス君に話しかける。

「パルク・ペレランドラ。この街のかつての名前だ。ずいぶん昔、ここは街ぐるみのでっかい遊園地だったのさ」

歌うたいの頭に懐かしい遊園地のイメージが流れ込む。風船を配る道化師、疾走するジェットコースター《モンターニュ・リュス》、ぐるぐる回る回転木馬《カルーセル》、歌と踊りのカーニバル。そして子どもたちの笑顔と喧騒《けんそう》を見下ろす観覧車《グランドホイール》。

「だけどな、時は流れる。いつの頃からか、みんなが遊園地に行かなくなった。みんなが歌わなくなり、笑わなくなった」

ヒヤデス君の脳裏の映像がモノクロ二値化《にちか》してにわかに停止した。運転手は黙って機関車を走らせている。

「街には静寂が訪れた。そこから更に長い長い歳月が過ぎ、形あるものはほぼ崩れ去り、記憶もすでに風化し尽くした頃、この場所にはあの観覧車とその神官だけが残っていた」

「神官……」

「ブリキ君の仕事は、彼女のもとに断片を届けることなのだよ」

「そうだな。だいたいそんな感じだよ」

運転室からくぐもった声が聞こえた。

「だから、歌うたい君もまあ、そんな断片なのさ」

ぼくは断片。誰かのための、何かの断片。

竹竿を握りしめるヒヤデス君の足元で生首がごろごろしている。運転手が前照灯を点《つ》け、風景はさらに深まる闇の中に溶けて流れていった。

8

「冒頭、威圧的なユニゾンは暴虐の王シャフリヤールの主題です」

青年の解説を聴きながら、アヌビスの環の神官クロチルデは目を閉じる。

「そして王の後に立ち上がる、ハープを伴ったバイオリンによる独奏は美しき乙女《おとめ》シェヘラザード。この旋律は組曲の全楽章に現れ、聴くものを物語世界に誘《いざな》います。シェヘラザードは花嫁を次々に殺してしまう王の非道を止めるため、夜毎《ごと》に話をして聞かせることで彼の興味を繫《つな》ぎとめました」

夜のとばりが下りた今、ぼうっと浮かび上がる観覧車を背景に流れ出すオーケストラ。

「さいしょの話はあの船乗りが登場します。第一楽章『海とシンドバッドの船』」

大きな波のうねりを思わせる弦の響きに乗って、若者は冒険の航海に出る。紳士は腰を上げると犬の仮面を被った乙女に歩み寄った。

「千一夜とは言わないまでも、自分はずいぶん色々なお話をして差し上げてきました」

「おや」

犬の耳が面白そうにそばだつ。

「貴男がわたしのシェヘラザードだとおっしゃるのですね？」

「シャフリヤールは恐ろしい王様です」

紳士はじっと相手を見つめた。

「しかし彼がそんな非道に走ったそもそもの理由は、愛する妻の不貞を見てしまったことでした。女性を信じられなくなった彼は、いちど愛した花嫁が他の男のもとに走ってしまうのが怖くなり、首を刎《は》ねてしまうようになったのです」

彼は神官の細い両肩に手をかけた。部屋の隅でパームシベットが低いうなり声をあげる。

「大丈夫。ナナ、下がっておいで」

優しい声で守護獣を宥《なだ》めると、クロチルデは青年を見上げた。折しも柔らかいメロディが流れ、仮面の奥で乙女は微笑《ほほえ》んだように思えた。

「ほら、シェヘラザードの主題はやっぱり貴男よりわたしの方がそれっぽくないかな？」

「あなたは」

打楽器。力強い金管の調べ、アレグロ・モルト。

「どんなお話を所望なのです？　いったい何を待っているのです？」

「わたしは」

クラリネット、穏やかなハープの音色。

「遠い昔に失《な》くしてしまったものを、取り戻してみたいだけなのですよ」

ちりんちりん。ちりんちりん。

ふと鈴の音を聞いた気がして、青年は顔を上げた。

どっどっどっ、ちりんちりん。ちりんちりん。シューッ、シューッ。

エンジンを停める音がする。

「ごめんなさい。お客さんみたい」

神官は毛皮を掻《か》き寄《よ》せると立ち上がった。音楽が止まって扉が開き、どこかで聞いた声がやかましく響く。

「ちわっす。お届けものに上がりやした」

「すみません。はじめまして。えっと……」

「久しぶりだな、クロチルデ」

闖入者《ちんにゅうしゃ》たちはてんでにまとまりのない挨拶《あいさつ》を述べた。名前を呼ばれた神官が反応する。

「あれ、山田さん？」

「山田って言うな……おや？」

見知らぬ若者が掲げた竹竿の先に結わえられたぬいぐるみが、ひょいと先客の顔を見た。

「帽子のお兄さんも久しぶりだな」

9

久しぶり？

にわかに浴びせられた言葉に青年は戸惑いを覚えた。自分はかつてこのぬいぐるみに会ったことがあるのだろうか。いつ、どこで？

「彼は何も覚えちゃいませんよ」

荷物を抱えた金属製の男が無機質な声で言った。

「そうだったなあ。歌うたい君、すまんが私を竿から外してそこの犬頭の女性に渡してくれるか」

言われるままにヒヤデス君は案山子を解体し、ぬいぐるみを手に取った。仮面の神官は懐かしげに頷くと山田を受け取り、ぎゅっと胸に抱きしめる。

「ああそうか。貴男が歌い手さんなの」

「はい。歌うたいのヒヤデスです」

急激な場面の転換に、帽子の青年は途方に暮れた。おれの出番はもう終わりなのかな。

首を振って帽子を被り直し、立ち上がった。

「自分はもう帰った方がいいですか？」

「帰る？　どこへ」

ぬいぐるみが嗄《しやが》れた声を出す。

「いいから座っていたまえ。君に帰るべき場所があるとすれば、ここだ」

クロチルデは話し続けるぬいぐるみの頭を撫《な》でると、そのお腹《なか》に手を這《は》わせる。縫い目を探り当てると器用に糸を解《ほど》き、猫に裂かれたという傷口を開いてしまった。

呆気《あつけ》にとられてヒヤデス君が見守る中、神官は山田氏のお腹に手を突っ込み、丸めた紙の束を取り出して若者に手渡した。

「貴男はこれをお願いします。初見で歌える?」

見ると譜面だ。歌詞が添えられている。

そうか。歌うたいとしてのぼくの役目は、歌うことなのだ。

自分のすべきことが判ったので、ヒヤデス君は落ち着いた。

「はい、なんとかなります」

犬頭の神官は会釈をし、楽譜を取り出したぬいぐるみを立ち尽くす青年紳士に押しつけ、扉の方を振り返った。

「瓜売り君、何か手伝うことある?」

「いや、大丈夫っす」

ブリキは抱えてきた生首をごろごろと床にばら撒《ま》くや、指を咥《くわ》えてするどく吹き鳴らす。青年紳士が驚く暇もなく、転がった首たちは指笛を合図にいっせいに飛び上がって整列した。

「準備オッケーすよ、クロチルデ」

皆がめまぐるしく動きだす中で、青年紳士はただひとり呆然と取り残されていた。この慌ただしい舞台の上で、自分だけが何も役を割り振られていなかった。

「気にしなさんな」

彼の腕の中でぬいぐるみの山田氏が呟く。お腹から少々ワタがはみ出ているが、とくに気にする様子はない。

「あんたはお客なのさ。座りたまえと言ったろう？　ほら、もうすぐステージが始まる」

部屋の照明が落ちて、ピンスポットに切り替わった。いつの間にか据えられた古いピアノの前にクロチルデが座っている。鍵盤の上に白い手を走らせ、流れるような旋律を奏で始めた。ああ、この曲なら知っている。

「クロード・ドビュッシー『2つのアラベスク』より1番、ホ長調　アンダンティーノ・コン・モト」

ふたつめのピンスポットが点《とも》り、譜面を手にした歌い手を照らし出した。さっきの若者だ。口を開き、澄んだテノールで朗々と歌い出す。

10

とこしえの祈り　ペレランドラ！
かつて来し道の面影《おもかげ》

わたしはいつも口ずさむ
だれかに聞かせるこの歌
声の　限りに　たかく　ひびく　届け！
（整列する首たちのコーラス、カンタータ）
（いつの間にか現れた駅長猫のバイオリン）

まほろばの欠片《かけら》　ユーラシア！
回らない時計の針のうえ
だれかはまるで気づかない
わたしの遠ざかるあしおと
力の　限り　はやく　とおく　走れ！

「ああそうか、この歌か」

青年は呟いた。

脳裏にぽつんと浮かんだ遠い記憶が、旋律に乗せて次第に鮮明になってゆく。

なつかしい音。

むかし実家の撞球《どうきゆう》場《じよう》にやって来てはたどたどしい手付きでピアノを弾く少女がいた。あんまり通ってくるので、少年はそのメロディを覚えてしまい、勝手に歌詞をつけて口ずさむようになった。

ある日少女が彼の歌声に気づき、聞き咎《とが》めた。

「この曲に歌詞なんかないよ?」

「うん。おれが作った!」

少女は目を丸くして驚き、やがてくすくすと笑った。そしていつしか、彼の歌に合わせて鍵盤を叩《たた》くようになった。

大切なともだちのために書いた歌。

「音楽のお話はいいねえ」

そう、彼女は言った。

青年紳士は話すべき物語を見つけた。

演奏が終わり、彼はピアノの前に座る人に歩み寄ると、その頭に手をかけて静かに山犬の仮面を脱がせた。

「変わらないね。駄菓子屋の娘、白い手のクロチルデさん」

「お帰りなさい。撞球場の息子、背の高いアセチレン君」

駄菓子屋の少女がにっこりと微笑んだ。

11

歌い終えたヒヤデス君は譜面を手にしたままピアノの横の壁にもたれていた。

いまや全てを思い出したらしい帽子の青年は、少女とともにさまざまなガラクタを忙しく観覧車のゴンドラに運んでいた。十二色入りのクレヨン、真っ赤なランドセル、色鮮やかなビー玉とおはじきが、それぞれ別のゴンドラに丁寧に積み込まれてゆくさまを、ヒヤデス君はその視界に見るともなく捉えていた。

各々のガラクタを手にするたび、少女はいちいち思い出を青年に話して聞かせている。

「あれではいつまで経《た》っても終わらない」

濁声《だみごえ》の呟きにふと我に返ると、ピアノの上に置かれた例のうさぎであった。

「まあ、仕方ない。長いこと片付けなかった部屋を掃除しているのと同じだからな」

「山田さん」

ヒヤデス君は何でも知っているという案山子の神様に尋ねる。

「ぼくの役目は終わったんですね」

「そうさ」

ワタをはみ出させたぬいぐるみはあっさりと肯定した。

「今ブリキが地下で動力炉に鉄電気石を焼《く》べている。それが済んだら私を連れてゴンドラに乗るだろう。君はどうするね？　ああ、それから私は山田じゃないからな」

「ぼくは……」

「クロチルデが置いてゆきたくないものは、ああしてぜんぶゴンドラに積まれる。だが君の場合、彼女が欲したのは歌であって君自身ではない。すでに彼の記憶のとびらが開いた今、君はどうしようと勝手なのだよ」

「用済みなんですね」

歌うたいは苦笑した。

案山子の神様は答えない。

ごとん、ごとん。

乗り場からそれぞれの記憶の断片を乗せたゴンドラが順繰りに送り出されてゆく。ガラクタに続いて生首たちや駅長猫も乗り込むようだ。パームシベットが丸くなって待っているのは、ご主人様とその幼馴染《おさななじみ》と一緒のゴンドラに入るつもりなんだろう。

「クロチルデが歳を取るのをやめてからずっとアヌビスの環は停まったままだった」

部屋の灯《あか》りが消え、ぬいぐるみの声だけがヒヤデス君の感覚に訴える。

「でも、そうするといつまでも手に入らないものがあることに、クロチルデは気づいてしまった」

「話は終わったかい？」

気さくな口調は、しかし無機質なブリキのそれだ。鉄電気石の補給が一段落ついたものとみえる。

「どうかな。まだ聞いておきたいことがあるかね、歌うたい君」

「いや、なんとなく判りました」

ヒヤデス君は闇の中に頭を下げた。

「ぼくがいなくてもゴンドラは埋まるし、観覧車は回る。色々、ありがとうございました」

「うん。気をつけて帰りたまえ」

ぬいぐるみは少し間を置いて、続けた。

「ただ、君の歌は大切な最後のピースだったのだ。それは誇っていいのじゃないかね」

ブリキの男の金属質な足音がかんかんかんかんと遠ざかってゆく。

「おい乱暴にするな。ワタがこぼれる」

局長のいなくなった郵便局や運転士がいなくなった鉄電気機関車はどうするのだろう。観覧車に背中を向けたまま、ヒヤデス君は乗り場を後にした。

ごとんごとんごとん。くすくすくす。あははは。あはははは。

アヌビスの環の回り出す音。笑い声。暗転。

12

階段を上り、プラットホームに出た。

風はうっすら温かく、もうめがねが曇ることもない。

ヒヤデス君は上着を脱ぎ、無造作に腰に巻きつけた。お客さんどちらに行かれますかと声がするので振り返ると、帽子を目深に被った男が立っており、自分は駅長ですと名乗った。

「ぼくは旅の歌うたいです。しばらくこちらにお世話になっていましたが、そろそろまた旅に戻ろうかと思って」

「行くのは北ですか、南ですか」

「どっち行きが先に来ますか」

はあはあと駅長は笑い、時計を見た。南行きならもう五分くらいで来ます。北へ行きたいならまだ二時間ほどありますね。

「じゃあ南行きで」

駅長はにやにやと笑うと大きな切符を出し、判をついてひっちゃぶくと手渡した。これは都会の駅の改札は通れません。降りる際に駅員に話して精算してもらってください。では、よい旅を。

駅長が退場し、歌うたいの若者は顔を上げて山の方を見た。あの夜、軸を軋《きし》ませながら回り出した観覧車の姿はもうそこにはない。

今までもたいがいなんとかしてきた。これからも大丈夫さ。

つうと吹き抜けた南風の中に、若者は微《かす》かなバイオリンの調べを聞いたように思った。

温かい土の匂いがする。

アヌビスの環の回転はいっさいの冬の記憶を連れ去るとともに、この街にたしかに春を連れてきたのに違いなかった。

やがてがたんごとんという震動が遠くからレールを伝って来る。

ヒヤデス君はリュックから黒い山犬の仮面を取り出すと、すっぽりと頭に被った。

「山田さんは腹を縫ってもらったろうか。それか、猫に地味に復讐を果たしたのかな」

北の国の駅に、南の国行きの列車が入線しようとしていた。

Leonora's egg

Tomokichi Hidaka
A Collection of Short Stories

ドナテルロ
後夜祭

1

そのころ私たちのあいだではセミの絵本が流行《はや》っており、昆虫になっても意思を伝達できる方法をわりと真剣に模索していたのだった。

「看板の文字にとまってまわったらどうかな?」

いいことを思いついた、という顔で鞘子《しょうこ》が言う。

「ウィジャ盤とかコックリさんみたいにさ、順番に文字を指して文章を組み立てれば伝わると思うんだ」

それらはたしかに言葉を喋《しゃべ》れない相手のために考えられた意思伝達の方法ではある。

「うん。まあ、本当はいないけどね、コックリさんとか」

「やだ。唯物論者だっけ葛葉《くずは》って」

「だいいち」

路傍にかたばみの茂みを見つけて、私は立ち止まる。

「街中のどこに五十音やアルファベットを懇切丁寧に書き出した看板があるっての」

「そこはぜいたく言わずに、使える範囲で工夫して伝えなきゃ。複数の看板の文字を順番に示して『犯人はクズハ』とか言い残すんだよ」

「待って。なんかダイイングメッセージの話になってる」

かばんを置くとその場にしゃがみ、両手で茂みをわしゃわしゃした。熟したかたばみの種子が弾《はじ》けとび、なにごとかと覗《のぞ》き込んだ鞘子の顔にぺちぺちと当たる。

「わ、やめてよもう」

「あんた死ぬの？　私に殺されるわけ？」

「犯行動機は痴情のもつれですかねえ」

かたばみの種子を払って鞘子は立ち上がった。顎《あご》に手を当てて熟考の体《てい》である。

「あゝ哀れ葛葉に弑《しい》せられし鞘子の魂魄《こんぱく》は蟬《せみ》となりて復讎《ふくしゅう》をはかり、今こそ憎き仇敵《きゅうてき》の名を広く巷間《こうかん》に詳《つまび》らかにす」

「あはは」

伸ばした手を握り、鞘子が立たせてくれる。

「セミになってまで言いたいことって、結局殺害犯の名前とかなんだ」

「まあね」

鞘子は大まじめな顔で頷《うなず》く。

「手間ひまかけて伝えるんだから、多少切実な内容でないとリアリティがないかなって」

「そうかな、そうかな？　何かもっと大事な伝言とかないのかな？」

「言いたいことは口で言おうや」

「おいー！　セミになった仮定はどこ行った？」

「あはは」

なんてことのない、いつもの初夏の帰り道だった。

私たちは手を繋《つな》いで橋を渡った。

しばらく前まで肌を刺していた風が、ようやく緩んできた時分のことだったと思う。

ドナテルロの祝祭の、三週間くらい前のことである。

2

私がしばらく前に越して来たこの町には、縦横無尽に運河が走っていた。

運河には大小さまざまなゴンドラが就航しており、住民たちはいつも色々なものを乗せて流すのだった。あるとき大きな生きものの死骸が運ばれてゆくのを見て驚いたことがある。

「ああ、あれはメガテリウムだから。そんなに珍しくない」

こともなげに鞘子は答えた。

「そうじゃなくて。あれはどういう扱いなの？　粗大ごみとかそんな感じなの？」

「ひどいなあ」

鞘子が目を細める。

「命が入ってた容《い》れ物は、ごみなんかじゃないよ」

「そうだけど……。でも」

「ああやってゴンドラに乗って流れてゆくうちに、また新しい命が入るかもしれない」

そんなことってあるだろうか。

「要《い》らないものを流す場所じゃないからね、運河は」

この町のことを教えてくれたのは、ぜんぶ鞘子である。

運河にかかる石積《いしつみ》の橋の上で、私たちはよく話し込んでいた。見上げると赤茶けた砂岩の家が、白蟻《しろあり》の塚のようにごそごそと立ち並んでいる。常に湿度の高いこの町では、たいがいの建造物は石か砂を固めたものだった。木は腐るし鉄は錆《さ》びる。あんまり選択肢がないから、仕方ないね。あはは。鞘子はコロコロとよく笑った。つむじで高く結《ゆ》わえあげた髪が、軽やかに揺れていたのを覚えている。

他愛《たわい》のない会話が途切れたのは、やや日が傾き始めた時刻だった。

「あっ」

鞘子が小さく声を上げた。私も彼女の視線を追う。橙色《だいだいいろ》の陽《ひ》を照り返す水面《みなも》をゆらゆらと流れる一台のゴンドラに、山高帽《やまたかぼう》と丸眼鏡《まるめがね》、そして虫捕り網が積んであるのが見えた。

「伯父《おじ》さんの眼鏡だ」

私の手首を掴《つか》むと、ゴンドラを追って早足で歩き出す。

「行こう」

「待って、かばん忘れてる」

「そんなの」

振り返ると白い歯を見せて、また笑った。

「ゴンドラに投げこんでおけば、いつか届くのに」

鞘子がぐいと私の手を引き、とん、と地面を蹴って走り出した。あわててかばんを小脇に挟み、彼女の腕を取って抱え込み、いっしょに走る。子どもたちが輪回し遊びをしながら笑っている坂道を、私たちもまた笑いながら駆け抜けた。

家並を、街並を通り過ぎながら、思った。

ウィジャ盤どころか、文字が書かれた看板なんてほとんどないよね、鞘子。

3

「伯父さん、こんにちは」

橋を渡ると昆虫学者の庭だった。

ガラス製や金網張りのさまざまな飼育装置が立ち並ぶ中に、黒い服に身を固めた老紳士が佇《たたず》んでいるのが見えた。私たちより一足先に帰り着いたらしい山高帽に丸眼鏡、そして虫取り網を手にしている。姪《めい》の呼びかけに対し、空いている方の手を上げて応《こた》えた。視線は目の前の大きなあざみの花に向けられたままだ。

「大きな声を出してはいけないよ。象虫の子どもたちがびっくりするからね」

「あの」

手を挙げると、気をつけて小さい声で異議を唱えてみる。

「昆虫の聴覚については、ファーブル先生が否定したと思いますが」

「よく知ってるね」

昆虫学者はこちらを見ずに頷いた。

「偉大なるジャン＝アンリ・ファーブルは、セミの大合唱の中で大砲をぶっ放し、その歌声がまったく乱れなかったことから、耳は聞こえないと判断した。素晴らしい実証主義だ。だが、正しくはない。

そもそも配偶者を求めて恋の歌をうたう虫たちに、音が聞こえないはずがあるだろうか？　君はコオロギの前足に耳があることを知っているかな」

「ええ。知っています」

「知ってるの？」

鞘子が頓狂な声を上げ、昆虫学者にかるく睨《にら》まれる。

「うん。知ってるけど、それこそ仲間の歌を聴く専門の装置なのかなあって思ってた」

「コオロギの耳は鼓膜を持つ耳としては動物界最小サイズだが、人間より広い帯域の音を聞き分けられる。精度の高い耳なんだよ」

昆虫学者は観察を諦《あきら》めてこちらに向き直った。柔和《にゅうわ》な笑みを浮かべて私たちを見る。無数の深い皺《しわ》が刻まれた、古木のような顔からは年齢が読み取れない。

「音が聞こえるどころか。彼らは言葉を持ってるんじゃないかと、わたしは思っている」

「そうそう」

鞘子が大まじめな顔で割り込んで来た。

「伯父さんは、いつか虫とお話するのが夢なんだよね」

「うむ」

昆虫学者は大儀そうに布張りの椅子に腰を下ろした。

「動物と話せることで有名な医学博士ジョン・ドリトル氏が、実は虫とも会話ができたことは、あまり知られていない」

「私、知ってます」

「君はなんでも知ってるな」

「葛葉はあたしの友だちだよ、伯父さん。もの知りなんだ」

鞘子がとくいげに鼻をうごめかせる。

常に子供のような好奇心を忘れなかったドリトル先生は、後年ついに虫との対話に成功している。遠い昔に読んだ物語を、私は反芻《はんすう》した。あれは確か『月からの使い』に出てくる話ではなかったか。

「そのために先生は非常に複雑な装置を作ったらしい」

昆虫学者は大きな手を振ってみせた。

「惜しむらくは、彼の業績を記録したスタビンズ少年には機械についての知識がなく、どのような仕組みだったのかまったく判《わか》らないのだけれども」

心底、残念そうである。

「だがね君。なんとなくヒントは摑めそうなんだ。こっちに来てみたまえ。おいしいお茶も入れてあげよう」

老紳士は座ったばかりの椅子から立ち上がった。おもしろそうな顔をして鞘子が続く。私もかばんを手に取ると、ふたりの後を追った。

4

『ガーー、ガーガー、緊急放送。きゅーぐるぐる』

目の前に置かれた機械が耳障《みみざわ》りな音を発した。

「伯父さん、虫が何か訴えてるよ」

鞘子が邪気のない笑顔で語りかける。老紳士は難しい顔で首を横に振ると、ダイヤルをぐりぐりと回した。

昆虫学者お手製の、虫と話せる機械のプロトタイプは、割合に鉱石ラジオに似たもののように私には思えた。

「これはだな。なにしろ相手が小さいから、よほど感度を上げなければならないのだね。すると」

『ガーガープシュー。市民の皆さん、お聞きください。こちらはガブロプシュー、ギギギゴゴゴゴ』

「公共放送の音波を拾ってしまうわけだ」

「なあるほどー」

その公共放送の音波もまともに拾えてはいない。昆虫との対話への道は険しいぞと内心で突っ込んでおく。

『来月早々にもミャーゴゴゴ、あと七日間のうちにかならずブジャルビビビデュワ、プガー』

はわあああと大きなあくびをして、鞘子が容赦無く言い放った。

「うるさいよ伯父さん。消そう?」

「うん。そうだな」

『……死……プッッ』

昆虫学者は名残惜《なごりお》しそうにスイッチを切った。太陽の光がふんだんに差し込むリビングに静寂が訪れる。

「あれ、お茶っ葉が切れてるね?」

台所から鞘子の呑気《のんき》な声が聞こえた。おいしいお茶を期待して勝手に捜索を開始したものとみえる。

「お隣さんに分けてもらってくる」

軽快な足音に続き、勝手口のドアが開いて閉まる気配がした。

「ああ……」

老紳士は口を開きかけて、やっぱり思いとどまった様子で首を振り、視線を落とした。

「むろん、声が大きければいいというものではないのだが……」

「まあ、そうでしょうね」

そもそも、コミュニケーションが必ずしも音声に依存するとは限らないのではないか。ふと思いついて、口にしてみた。

「ミツバチは蜜の場所を教えるために踊りますよね。だったら――」

「身体《からだ》の関節を鳴らして会話する宇宙人が出てくる『関節話法』というお話があるね」

昆虫学者は優しく、寂《さび》しげに首を振った。

「伝達手段には無限の選択肢と可能性がある。だがね君、それらを逐一検証するには、わたしにはもう時間が足りない」

「お隣さん、いなくなっちゃったんだねえ」

リビングの扉に鞘子が寄りかかっていた。見るとお茶の缶を手にしている。

「あれ、そのお茶は？」

「置きっぱになってたから、持ってきた」

「泥棒？」

「うーん、空き巣に近いかな」

頭を掻《か》く。

「まあでも、もう二度と戻って来ないんだから、捨ててったものを拾ってきた感じ」

いつの間にか外は暗くなっていた。灯《あか》りを求めてやってきた大きな蛾《が》が、微《かす》かな音を立てて窓ガラスを叩《たた》いている。急須にお湯を注ぎながら、鞘子が呟《つぶや》いた。

「蛾は敲《たた》く月下の窓。蛾は推す月下の窓」

「推敲《すいこう》してるの？」

「敲くの方がいいよね？」

老紳士はじっと蛾の方を見ていた。大きな薄青い蛾はオオミズアオだろうか。かつて月の女神の名で呼ばれた鱗翅目《りんしもく》。ドリトル先生が虫語を能《よ》くするきっかけとなったのは月世界からやってきた巨大な蛾だったことを、私はふいに思い出した。

「遅くなったね」

鞘子がぶるっと身震いをする。

「ちょっと冷えてきた。お茶飲んだら帰ろう、葛葉」

「うん」

5

私たちは、町の外れに建っている、縦にほそながい建物の屋根裏部屋で寝起きしていた。下で暮らしていた住民はいなくなってしまったので、別に建物ごと占拠しても問題はなかったのだけれど、あまりそんな気は起きなかった。必要なものを取りに降りたりシャワーを使ったりする以外は、ベッドと本棚しか置いてない小さな空間にふたりで過ごしていた。

「手に負えるスペースが好きなんだ」

鞘子はよくそう言っていた。

もともと階下に住んでいたのは、カメレオンを飼う老夫婦だった。

ある寒い日、老夫婦はかわいそうだからとカメレオンを色とりどりの格子縞《こうしじま》の毛布の上に乗せてやった。自分が何色に変わればいいか判らなくなったカメレオンは、くたくたになって死んでしまった。

感じやすい人は、あまり環境がいろいろだと適応しきれなくて参ってしまうものだ。ジャン・コクトーも書いていた。

「そうなんだ」

「うん。コクトーは読んでないけど、澁澤龍彦《しぶさわたつひこ》はそう書いてた」

老夫婦はひどく悲しんで、カメレオンの小さな死骸をていねいに箱に収めると、たくさんの野の花と一緒にゴンドラに乗せて、運河に流した。そして次の日、身の回りの荷物だけをまとめて出て行ってしまった。

私たちが寒さに目を覚まして降りてゆくと、もう住人の気配は消えていた。ふたりで毛布にくるまって窓から顔を出すと、すぐ下の水面で、カメレオンを乗せたゴンドラがゆっくりと回っていた。

鞘子は老夫婦が残して行ったもののうち、小さなストーブとラジオを持って屋根裏に上がってきた。

ストーブに火をおこしてラジオのスイッチを入れると、ガーガーと緊急放送を受信した。市民の皆さん、お聞きください。時間がありません。ガーガー。

「だいたい、耳に心地いい声の人じゃないよねえ」

気のない様子で鞘子が感想を述べる。脱いだ服をきちんと広げてハンガーにかけた。

ラジオで喋っている男を、私たちはフェフキと呼んでいた。ふたりで町に出たとき、辻《つじ》説法中の彼に遭遇したことがある。背の高い、ゆったりしたローブを羽織りフードを目深《まぶか》に被《かぶ》った姿で、なにごとかを頻《しき》りに訴え、フェフキの周りにはたくさんの人たちが輪を作っていた。

それから間もなく、フェフキはメディアに出るようになった。そして、どの媒体であっても、ひっきりなしに訴えていた。


ガーガー。私たちはこの危機に、一丸となって、立ち向かわなければなりません。ガーガー。


だからその日も、ラジオは喚《わめ》き声を流し続けていた。

「聞き飽きたなあ」

いつになく鞘子はご機嫌斜めだった。

「なんかなあ。もっと気のきいた音楽とか流してくれないかな」

「貸してみて」

私は鞘子からラジオを奪うと、仰向《あおむ》けにベッドに転がった。バーアンテナの位置を調整してバリコンのつまみを回すと、音楽チャンネルを探す。

「そういうとこガサツだよね葛葉は。服が皺になるだろ」

ぶつぶつ言いながら鞘子がのしかかってきた。背中に手を回し、ワンピースを脱がせようとする。

「ちょっと、集中してるんだから」

ラジオがどこかの局の電波を拾った。ノイズの向こうから音楽のような喧騒《けんそう》のようなざわめきが聞こえて、私は目を閉じ、耳をすませる。胸元に鞘子の重さと匂い、温かさ。しなやかな指の感触と緩やかな律動を感じる。時間は、おだやかに過ぎていった。

いつの間にかすっかり伸びてしまった私の黒い髪を、鞘子が細い指でそっと梳《くしけず》った。

「あした」

「うん」

「学校に行ってみようか、久しぶりに」

「そうだね。ドナテルロの祭りだもんね」

6

『この町は未曽有《みぞう》の危機に瀕《ひん》しています』

講堂の大きなスクリーンに映し出された男性が喋っていた。

あの人が宰相らしいよと鞘子が教えてくれたのは、集会の日だった。らしいよというのもずいぶん心もとないが、興味がないのだろう。

十五日前の木曜日、講堂には全校生徒が集められ、宰相の映像を見せられていた。私たちはその横で、機材の陰にかくれてぽりぽりと豆菓子を齧《かじ》っていたものである。

「大変だよねえ、ほんものの生徒さんたちは。お菓子配ったげようかねえ」

「しっ、見つかるよ」

『しかし皆さん。ご安心ください。万策尽きたわけではありません！』

スクリーンの中で宰相が声を張り上げる。

『私たちは皆さんのために特別に、特別に切り札を用意しています。私を信じてください。そうすれば、かならず、皆さんは救われます！』

「あの人は何を言ってるのかな」

口の端を豆菓子の粉だらけにして鞘子が尋ねる。

「さあ？」

私は首を竦《すく》めると、指を伸ばして彼女の口を拭《ぬぐ》った。

集会からちょうど十五夜が過ぎた今日、講堂に人影はない。ただスクリーンはそのままになっており、映写機は退屈な宰相の姿をくりかえし流している。

壊れたレコードという表現がある。音を再生する針が盤面の溝《みぞ》を走るレコードでは、おおきな傷があると針が飛んでしまい、既に再生済みの地点に戻ってしまうことがある。そうすると、永遠に同じフレーズをくりかえすことになる。

宰相の映像はちょうどそんな塩梅《あんばい》で、無限にループし続けているようだった。どこかが故障しているのだろうが、修理する人もスイッチを切ってくれる人もいないから仕方がない。

『皆さんのために特別に、特別に！』

「うるさいね、葛葉。止めちゃうか」

ポケットに手を突っ込んで、鞘子が呟いた。私は頷くとステージに駆け上がり、スクリーンの前で大きく手を振った。

「おー、いいねえ」

鞘子は口笛を吹くと映写機のところへ走って行った。がしゃんがしゃんと小気味のいい音が響く。

『ただちに死……ブツッ』

唐突に宰相の映像が途切れ、ばあっと強い電球の光がダイレクトに壇上の私を襲った。

「眩《まぶ》しい、眩しいってば鞘子」

「うん、よく見えるよ。もっと何かやってよ」

「なにそれ！」

こちらからは鞘子の顔は見えない。わずかに人影が認められるばかりである。でも、今は他に誰もいない。あれは鞘子にまちがいない。

「うん、ドナテルロのお祭りの日だから。踊ってよ」

「意味判らないよ。まあ、踊るけど」

「踊るんだ。あははははは」

笑いながら鞘子が走ってきて、ステージに上がって来た。見るとぐちゃぐちゃに丸めた動画のフィルムを手にしている。

「ああ、こりゃあもう再生できないねえ」

「でっきないねえー」

フィルムを放り投げて鞘子が抱きつく。そのまま、タンゴのような、ベリーダンスのような、とにかくなんだかよく判らないものを、ふたりで笑いながら踊り続けた。汗で肌に貼りついた制服のブラウスを、半ば破るように脱ぎ捨てて、なおも踊った。映写機からステージまで続く光の帯の中で、埃《ほこり》たちがやっぱり踊っているのが見える。

あの日、集会で宰相の映像を見せられたあと、学生たちは校庭に待機したバスに慌ただしく分乗し、学校を出て行った。

そして、二度と戻って来なかったんだっけ。

7

私たちは選ばれなかったけれど、別に選ばれた人たちのことは嫌いじゃなかった。

だから、かれらが集められた広場を見に行った。

大きなきのこの形をした給水塔の上に鞘子とふたりで腰を下ろすと、ドナテルロの広場は不安そうな顔をした人たちですっかりごった返しているのだった。左の端、行列の終わるあたりには、学校から出て行った数台のバスが停《と》まっている。先生たちは、生徒たちをもっと前に進ませたいように見えたが、人波に阻《はば》まれてまったく動けないのだった。

「何が始まるんだろう」

ぽりぽりと豆菓子を齧りながら鞘子が尋ねる。私はぐるっとあたりを見渡して、なんとなく見当がついた。

『市民の皆さん。ようこそ神の国、新しい世界へ』

がさがさした声が響き、人々はいったん静かになった。視界の右側、広場のお立ち台の上に人影が見える。フードを目深にかぶった背の高い男は、フェフキだ。

「なんて？」

「さあ。たぶん、また笛を吹いてるんだと思うけど」

私たちには彼らの言葉は判らない。

私たちの一族が、理解する必要のないことを理解するのをやめて久しい。割合に繊細な感受性の持ち主だったらしいご先祖は、どうも周りに順応することに疲れてしまったらしいのだ。もう長いこと、目を閉じ、耳をふさぐことで、どうにか生きながらえてきた。

それでも、さまざまな表象の断片から、今起こっていることと、起ころうとしていることの推測はできる。

『再三再四、指摘してきたように、リミットは刻一刻と迫っています！　原因はいろいろ考えられますが、もはや検討して対処している時間がない。わたくしの度重なる真摯《しんし》な警告を、賢明なる宰相閣下は考慮し、聞き入れてくださった。すなわち、良識ある市民諸君が、一時的に避難されることを、閣議決定されたとのことです！』

群衆がどよめくのが判った。皆の視線の行方《ゆくえ》を、私も追う。

それは向かって右側、広場の一角に設《しつら》えられた、銀色の大きな涙滴《るいてき》型のロケットに向けられていた。

「あれに乗るみたいだよ」

「ふうん」

鞘子が気のない様子で髪をかきあげる。

「そうなんだ。だけどさ、全員は無理じゃね？　ぜったい」

鞘子と同じ感想を、ほとんどの人々が抱いたようだった。いったん静まった広場の群衆は、ふたたび不安なざわめきを漏らし始めた。

『大丈夫です。大丈夫です皆さん！』フェフキが声を張り上げる。

『安心してください。全員、全員乗れます！　これから販売する、チケットを、購入された方は、全員！』

しん、と広場は静まり返った。

私たちにはそのとき、フェフキがなにか間違ったことを言ったらしいと判った。

笛吹けども踊らず。

いや、むしろ群衆は一斉に踊り出した。足踏みし拳を振り上げる。壇上のフェフキに向かって、激しい怒号と罵声が飛んだ。

『どうしたんですか？　乗せて差し上げると言ってるのですが。いや、だって、これ作るのにいくらかかったと思ってるんですか皆さん。市民の義務じゃないですか。あっ、やめてくださいよ、ちょっと』

数人の男たちが梯子《はしご》を登ってフェフキに襲いかかるのが見えた。慌てて逃げようとするのを後ろから捕まえ、フードをはねあげる。一瞬、恐怖に歪《ゆが》んだ顔が見えた。

「あれ。フェフキって宰相だったんだ」

「えっ、そうなの？」

鞘子の言葉を確かめようと私が目を凝《こ》らしたときには、もうロープの男は人の群れの中に飲み込まれていた。

目の前で、無数の選ばれし人間たちの波が、左から右に押し寄せて行った。

あの人たちは、自分たちは選ばれたと思ってたのに、そうじゃなかったんで、どうにかなってしまったんじゃないだろうか。そんな気がした。

群衆はやがてロケットに到達し、薙《な》ぎ倒し、そのまま飲み込んでなおもどこかへ行こうとしている。

きっと先頭は立ち止まったり乗り込んだりしたかったのじゃないかと思う。でも、音を立てて押し寄せ続ける人波が許さなかったのだ。

「帰ろっか」

「そうだね」

私たちは給水塔の梯子を下って行った。

「あのロケットで、どこへ行くつもりだったのかなあ」

「月じゃないかな。銀色だから」

「なにそれ」

「火星ゆきだったら、赤かったと思うんだ」

鞘子がコロコロと笑った。

8

集会の日からこっち、もう町で人影を見ることはなかった。

だからといって、私たちの日常にどれほどの変化があったわけでもない。やっぱり今まで通りに屋根裏部屋で寝起きをし、時折はふたりで散歩に出かけた。

ドナテルロ広場へ向かう運河の水面には色とりどりの花で飾られたゴンドラが浮かび、どこへ流れてゆくでもなくひしめき合っていた。

橋の上から覗き込むと、それぞれにさまざまな積荷を載せている。おもちゃに楽器、たくさんの本、お菓子、アクセサリー、絵画、写真。中身の入った鳥籠、華やかなドレス。

「集会の前に、みんな流したんだね」

「そうなんだ」

かれらは何を期待して流したんだろうか。そして、いつまでここに留《とど》まっているのだろう。

ふと、無数のゴンドラのひとつに、山高帽と丸眼鏡、そしていくつかの標本箱と顕微鏡が積まれているのを、私たちは見つけた。

「伯父さんじゃない？」

私が聞くと、鞘子はゆっくり頷いた。

「こないだは、伯父さんの家に向かうゴンドラだった。今日は、伯父さんの家から流されたゴンドラだね」

橋を渡って昆虫学者の庭に入ると、黒い服を着た大きな甲虫《かぶとむし》が倒れて死んでいた。

ふたりで抱え上げてゴンドラに乗せると、庭に咲いていたウツギの花を摘《つ》み、丁寧に周りを飾った。

伯父さんは月に行きたかったんじゃないだろうか。銀色のロケットに乗って。月に住む大きな銀色の蛾と、存分に話がしたかったんじゃないだろうか。

虫を積んだゴンドラを運河にそっと押し出す。鞘子が言った。

「伯父さんはあたしたちの中で、いちばん最初にこの町に来たうちのひとりだったそうです」

「道理で。ずいぶんしわしわだったもんね」

「その頃は皆町を作るのにいっしょけんめいで、仲良く力を合わせてたんだよって、よく話してた」

ドナテルロの祝祭はそんな、運河の走る町が完成した日を記念して始まったという。水を供給管理する給水塔は町のシンボルとなり、そのてっぺんには、ひとりでに聖《セント》エルモの火が灯《とも》った。

皆が華やかに着飾って歌い踊り、お酒を飲んで笑った。町角には花々が飾られ、楽士たちは陽気な音楽を奏でた。

物語の終わりなんか誰も考えない、遠い遠い昔の、始まりの話。

流れてゆくゴンドラを見ながら、私はもうひとつの古い話を思い出していた。

東方からやって来た人びとは、平原に至り、そこに住み着いた。そして言った。
さあ我々の町と塔を作ろう。我々を称《たた》え、天まで届く高い塔を。
天上からこれを見下ろし、大いなる存在は言った。
それでは私は、地に降りてあの者たちの言葉をかき乱してやろう。
お互いの言葉が判らなくなった人びとは、バベルの塔を捨て、地の果てに散っていった。

「私たち、何か神さまを怒らせるようなことをしたのかなあ」
「あり得るねえ」

昆虫学者が住んでいた家に入ると、リビングに入り、腰掛けた。

鞘子が台所に立ち、お茶の支度をしている。

「そう言えばお隣さんは、前に寄ったときはもういなかったんだよね」

「うん。容れ物は残ってたけど。たぶんあの後、伯父さんが流したんだと思う。古いつきあいだったから」

屋根裏部屋に帰ると、私たちは一枚の毛布にくるまり、寄り添って眠った。

ラジオは相変わらず、録音されたフェフキだか宰相だかの演説をいつまでも流し続ける。放送を止めてくれる人がいないのだから仕方がない。

そして、祭りの日を迎えたのだった。

9

けっこう長いこと、踊っていたと思う。

ふたりで折り重なってステージの上に転がると、目の前にくしゃくしゃに丸められたフィルムがあった。

「燃やしちゃうか」

「そうだねえ」

鞘子は脱ぎ捨てた制服のスカートのポケットから、伯父さん譲りの虫眼鏡を出すと、天窓から入り込む太陽光を集めて焦点を結んだ。意外と早く、フィルムから煙が上がった。やがてちろちろと炎が見え、少しずつ映像を焼き始める。しゃがんで見ていると、写っている人物の顔色がおかしな感じに変わり、灰になってゆくプロセスが見て取れた。

「学校が燃えたらやばいかな」

「学校で済めばいいけど、花や虫を焼いちゃったら大変だね」

「そうだね」

ステージの床を少し焦がした程度で、フィルムは全部灰になった。

「ぱっとしないね」

「ぱっとしないねえ」

ぱっとしない、誰もいないドナテルロの祝日が過ぎてゆく。

広場にはあのロケットが、銀色の巨大なナメクジのように横たわって動かない。

屋根裏部屋に帰る途中、私たちはまた昆虫学者の寓居《ぐうきょ》に寄った。

「そうそう、葛葉さあ」

納戸《なんど》から出てきた鞘子が腕に何かを抱えている。

「これ見つけたんだけど着てみない？」

広げてみると、真っ白なカシュクールデザインのワンピースだった。ふうん。ちょっと大人っぽい雰囲気がある。どこにしまってあったんだろう。

「葛葉の黒髪ストレートに似合うと思うんだ」

「どうせ毛量多くて重たいですー」

「あはは。いいから着てみて。お茶入れてくるよ」

「判った」

サイズは測ったようにぴったりだった。お茶を運んで来た鞘子が目を瞠《みは》って、それから優しく笑う。

「やっぱり似合うねえ」

「そう？　鏡ないからよく判らないなあ」

お茶を飲み終えて、私たちは庭に出た。橋の上に立ち、運河を見下ろすと、白い服を着た自分の姿が水面に映った。ああこんな感じなんだ。まあ、似合ってないこともない……かな。ふふふ。

そのとき、大きなゴンドラがゆらゆらと漂って来るのが見えた。あれ？　と思う間もなく、ふっと強い睡気《ねむけ》に襲われる。よろめいた身体を、誰かが、とん、と押した。

「あっ……」

私は仰向けにゴンドラの中に倒れ込んだ。一面に敷き詰められたたっぷりの紫陽花《あじさい》の中に、ゆっくりと。

「行ってらっしゃい、葛葉」

なんだか遠くで鞘子の声が聞こえる。ああ、睡《ねむ》くなるお茶を飲ませたね？

そうだ。判った。この町の人たちは、大切なものを運河に流すんだ。嬉《うれ》しい。嬉しいけど、悲しいな。

「またね」

私は目を閉じ、耳を塞いだ。今までずっと、そうしてきたように。

「あとは、よろしくね」

10

どれくらいの時間が経《た》ったろう。

目が覚めたとき、私の乗ったゴンドラは、どこか広い湖のような場所を漂っていた。いつか鞘子と見たゴンドラたちも皆、ここに一緒に浮かんでいた。風も波もないおだやかな水面を、いっぱいのゴンドラがゆっくりと回っている。時折は軽く触れ合い、また離れてゆく。

ああ、静かな世界だな、ここは。

私は目を閉じ、またゆるやかな睡りに落ちた。

どのくらいの時間が経ったのだろう。

次に起きたとき、私はゴンドラの中にいくつかの卵を産み落とした。

私と鞘子の子どもたちだろうか。たぶん、いやまちがいなく、そうなんだろう。

手を伸ばして近くを漂うゴンドラを引き寄せると、ひとつひとつの卵を、そっと乗せてあげる。

おもちゃのたくさん積まれた、きれいな石がいっぱい並べられた、すてきなドレスが丁寧にディスプレイされた、山のようにお菓子の載った、花の冠をかぶったカメレオンが乗せられた、いろいろなゴンドラに、私たちの大切な卵を置いた。そして、あちこちの方角へ、一台一台力を込めて押し出す。流れのない水面をゴンドラは惰力《だりょく》で進み、立ちのぼる靄《もや》のむこうに、いつか見えなくなっていった。

作業を終えると、私は自分のゴンドラの中で丸くなった。これでいい。これでいい。私たちの命は、見知らぬ町、あらゆる港に拡《ひろ》がって、そこで新たな生を得て愛されるだろう。だったらまあ、私たちの物語は、終わったわけじゃない。続いてゆくんだ。ああ、また睡くなってきた。うん。おやすみなさい、みんな。

次に目が醒《さ》めたときはセミの姿だったら楽しいな。
そしたら、あのとき私をゴンドラに突き落とした犯人は鞘子だ、って書き残してあげるんだ。

Leonora's egg

Tomokichi Hidaka

A Collection of Short Stories

ゲントウキ

1

学校から帰ってくると、ポストにこんな案内が投げ込まれていた。

ご案内
こたび父が逝去いたしました。
ここに生前のご厚誼《こうぎ》を深謝し、謹んでご通知申し上げます。
なお、通夜・告別式は下記の通り執り行います。

通夜式　十一日　午後十時より
告別式　十二日　午後七時より
式場　アネモネ街乙八ノ四五　遊星《ゆうせい》会館

喪主　ぽんきち（長女）

「あれ。喪主私だ？」
すとんとカバンを落としてつぶやくと、むーという顔をして壁のカレンダーを睨《にら》み、しばらく考えた。

「喪中はがき用意しないとだなあ。まにあうかなあ」

台所に向かって声をかける。

「母さん、父さん亡くなったって。通夜は今夜だって。喪主私になってるけどいいのかな?」

返事はない。

「叔母《おば》さんのときに着た喪服、出しといてくれると助かるな」

防虫剤の鼻をつく匂いは嫌いでない。案内状を制服のポケットにしまい、カバンを拾うとたんとんたんと階段を上がっていった。


ろくに家にいなかった父の記憶は鮮明でない。

わずかに記憶にある、うさんくさい調度や美術品、剝製《はくせい》標本、用途の知れない器具、書物が雑然とちりばめられた自室で、漫然と煙草《たばこ》を燻《くゆ》らせていた父の姿は、家族というよりは見知らぬあやしい人物のように映った。そして娘は、うっかり怪人を好ましいと思ってしまうたぐいの少女だった。

子の意思と関係なく血筋は受け継がれてしまったりする。だからまあ、私のこの性格は父ゆずりなのだ。

ベッドに転がったままポケットから案内状を取り出し、改めて目を通した。

アネモネ街なら知っている。私の生まれるずいぶん前に最盛期《ピーク》を迎え、今はほぼその役目を終えたよくある繁華街だ。

デパートの屋上にはとうの昔に動かなくなった遊具が残り、計画性なく拡張された商店街は今やあらかたシャッターを閉じている。かつての目抜き通りには寂《さび》れた遊戯場や演芸ホール、映画館などが軒を連ね、その多くはすでに閉店しているのか開店休業状態なのか判然としなかった。

遊星会館もたしかそのような施設のひとつだったはずだ。葬儀場として相応《ふさわ》しいかどうかは甚《はなは》だ疑問だが、おそらく故人の遺志というやつなのだろう。

してみると、生き別れ状態の娘を喪主に指名したのも、気まぐれな父の考えにちがいない。

「だったら言うこと聞いてやるかー」

ううんと伸びをすると、とんたんとんとんと階段を降りていった。

2

「思ってたんと違うなあ」

喪服姿の自分を夜のショーウィンドウに映しながらひとりごちた。

母が用意してくれた礼装は、どう見ても紳士用の燕尾服《テールコート》だった。寒いので上に黒のインヴァネスを重ね、シルクハットと黒いレース地の傘を合わせてみた。そつなく着こなせた自信はあるが、自分としてはパフスリーブのドレスが着たかった。グリーンゲイブルズの少女みたいに。だって特別な日だから。

「行ってきます」

かんたんに声をかけて、ひとりで出かけた。母は来る気があれば来るだろう。一緒にゆかねばならない法はない。仲は悪い方ではないと思うが、うちは万事こんなふうだ。

アネモネ街までは路面電車が通じている。花屋町《はなやまち》の停留所にゆくと、何人かの客が電車待ちをしていた。こんな時間に、皆何処《どこ》にゆくのだろう。

「ふうむ。こんな時間に、何処へおいでですかな。お嬢ちゃん」

最後尾に並んでいた背の高い老紳士が話しかけてきた。そうか、自分もこの人たちとおなじ不審人物の仲間なのだと気づく。

「はい、ちょっと集まりがあって。おじさまこそどちらへ？」

如才なく答えておく。見知らぬ爺様《じいさま》にばか正直に行き先を教えるほど不用心じゃないもんね。

「ふふふ。私はね、これだよ」

手にしたチラシを振ってみせるので、思わず覗《のぞ》き込んだ。太い活字で刷られた見出しが目に飛び込む。

告

来たれ大幻灯夜祭！

満月の夜、眠らぬ紳士淑女のオオル・ナイト！

歌あり踊りありの痛快なる大活劇！

飛び入り大歓迎！

本日午後十時開始
於アネモネ街遊星会館

「あれっ」

最後まで読んで、思わず声が出た。並んでいた客たちがいっせいにこっちを見る。慌ててぶんぶんと首を振り、何か言わなきゃと口を開けたところで。

ちん、ちん、ファーン。

目映《まばゆ》い前照灯の光に、皆の注意は向けられた。定時だ。アネモネ街ゆきの路面電車のお出ましである。ほっと息をつき顎《あご》を引いて、動き出した人の列に続いた。

「終電だが、大丈夫かね？」

「ええ」

私も今夜はオオル・ナイトだから。皆さんと同じです。

そんな言葉を胸にしまって、運賃箱に小銭を入れ、電車に乗り込む。

すこし頭がぐるぐるした。

満月の大幻灯夜祭は遊星会館で十時から。父さんのお通夜も遊星会館で十時から。何がはじまるのかわからないけれど、ぜんぶ父さんの仕業なんだろう。だったら、きっと大丈夫。よく知らないけど信じてる。

私は目を閉じた。終点アネモネ街までは三十分くらいある。すこし眠ってゆこう。

ちん、ちん、ファーン。発車します。

今夜はオオル・ナイトだから。

3

ブウウウウーッ。

ブザーが鳴って館内の照明が落ち、ややあってスポットライトが点灯する。

緞帳《どんちょう》を背にして浮かび上がったのは、盛装した小太りの中年の男性。旧式のコンデンサーマイクを手に、胸を張って挨拶《あいさつ》を述べはじめた。

「レディース、アンド、ジェントルメン、アンド、おとっつぁんおっかさん。今宵《こよい》は当遊星会館大ホールにようこそ！　わたくし本日の興行主でございますダゲレオ＝ダゲール十三世。どうぞお見知りおきを！」

剽軽《ひょうきん》な身振りで大袈裟《おおげさ》に一礼すると、割れんばかりの拍手が起きる。

（これは、どう見てもお通夜の席じゃないなあ）

ステージ正面の特等席で、シルクハットを膝に乗せ、私はさっきの出来事を思い出していた。

アネモネ街の電停で路面電車を降りたあと、他のお客たちに続いて会場に向かった。受付で名乗り案内状を出すと、伺っておりますと言われて封筒の束を手渡された。

「こちらをことづかっております」

封筒は、ひい、ふう、みい、全部で五通あった。そのいちばん上のやつに、受付で開封のこと、と書いてある。中には一筆箋が入っており、次の文言がしたためられていた。


「第一幕　喪主ぽんきちは特等席に案内され、物語ははじまる」


受付嬢は文面を確認し、今の席に案内してくれたのである。

封筒を用意したのも、自分に渡すように言伝《ことづて》をしたのもすべて父の指図であろう。

さあ、どうなるのかな。

目を閉じて、座席に深く身を沈めた。

ダラララッ、ドダン。トットテチッタッ、タラタラタラ、パパーッ。

「さあさ皆さんお立ち会い。それでは、これより満月の大幻灯夜祭をはじめます！」

生の楽隊によるドラムロールとファンファーレ。興行主が一礼してスポットライトが消えると、きいきいと音を立てて緞帳が巻き上げられる。

東西《とざい》、とうざあああい。

上手《かみて》から聞こえてくるのは弁士の口上だろうか。

「背信の塔の天辺《てっぺん》に赤い月のかかる夜、ノンシャラスな街角を蹌踉《そうろう》と歩くひとりの青年がおりました」

　スポットライトに照らし出されたのは詰襟姿の学生だ。だしぬけに帽子をかなぐり捨てると蓬《ほう》髪《はつ》を掻《か》き毟《むし》り、膝をついて叫ぶ。

「おお闇だ。この世は闇だ！」

弁士「そんな彼に忍び寄る怪しの影」

ゆらりと現れたのは長身の老紳士。

「青年よ。この世が闇であるならば、君の求める光とは何だね」

それは、電停で前に並んでいたあの紳士に他ならなかった。

あ、と思う間もなく舞台は暗転。ホンキイトンク・ピアノがどこかで聴いたメロディを奏で、場面の転換をアピールする。

4

頭上につうと光の帯が伸びて、背景のスクリーンにノイズ混じりの駅頭の風景が映し出された。モノクロームの映像はいつ頃のものか。行き交う人々の服装がずいぶん古めかしい。

「靴磨きー、靴磨きー」

映像を背に床に座っているのは少年だ。誰かのお下がりの古びたコートを羽織ってはいるが、吐く息は白い。口上から察するに、靴磨きを生業《なりわい》としているのだろう。靴墨を拭いた手で擦《こす》ったのか、鼻のあたまが黒い。

なるほど。なんとなく合点《がてん》が行った。これはきっと、さっきの絶望青年の回想なのだ。弁士「本紀二万とんで六十五年冬、少年は明日の家族の暮らしを支えるべく、今日も駅頭にて靴磨きに励むのでありました」

女の子たちの声「ほほほ。もうすぐおおいぬざの星祭りですわね」「楽しみですこと」「楽しみですこと」

上手から登場する少女三人組。歳《とし》の頃は少年とあまり変わらないふうだが、着ているもののようすがずいぶんちがう。たのしげに笑いさざめき、靴磨きの目の前をくるくると踊るように通り過ぎてゆく。頭にリボンを結んだひとりが、ふと足を止めて彼を見つめるが、少年は帽子《キャスケット》を目深《まぶか》に下ろして顔を上げようとしない。仕方なく、友だちを追って走り去る少女。

弁士「嗚呼《ああ》、格差社会。子どもは生まれてくる家を選べないのであります」

そうだけれども。

少し首をかしげる。

他の家に生まれたかった、という発想は、おそらく子どもにはあるまい。そのような選択肢に思い至るのは、自分とは違う家の存在をはっきり認識した後だ。そして、どんな家に生まれれば幸せかなんて誰にもわからない。私たちはみな、現状を把握しいったん受け容《い》れた上で、前へ進むことしかできやしないのだ。

私は、父さんの子どもに生まれたかったのだろうか。


「少年よ、顔を上げたまえ」

ふいに大音声《だいおんじよう》がとどろき、考えは遮られた。

「君の溜息《ためいき》の数だけ、未来を見通す眼鏡《めがね》は曇ってゆくぞ」

舞台の上には、見たこともないようなのっぽの男が立っていた。いや、正確にはのっぽの男の足が立っていた、と言うべきか。胴体より上は天井に隠れて客席からは見えない。ただ、顔を上げた靴磨きの少年の視線を追うと、はるか屋根の上あたりに男の顔があるようだった。

「おじさんは靴を磨く気はあるのかい」

少年は虚空《こくう》に向けて敢然と言い放った。

「ぼくは靴磨きだ。冷やかしなら、おことわりだよ」

「これは失礼」

はるか上の方で、のっぽが一礼した気配がする。

「私の靴は汚れていない。磨かずとも良いのだ。自分の足では歩かないから」

とんだ成金野郎《スーヴォーリーシ》か！　思わず舌打ちをする。

「しかし、その気概や良し」

のっぽの声が響く。

「私に会ったことを忘れるな。そしていつか必ず、ここまで上っておいで。カラカラカラ！」

「あっ」

ごうっ、と風の音に続くティンパニの連打。

ダン、ドドンダン、ドドダン、ドドダン、ドン・ダン・ドン。

暗転。

5

弁士「それから何度目かのおおいぬざの星祭りと綾《あや》なす運命が巡り、少年はさる篤志家の援助を受け、晴れて学校に通う身となったのであります」
スポットライトを浴び、舞台上に小綺麗《こぎれい》な服を着た少年が現れる。おおっ、という客席のどよめき。

「さる篤志家――馬頭《ばとう》男爵は、実にあのリボンの少女、ピピネラの父親でありました」

少年の背後、扉の陰に隠れて彼を見つめる年頃の娘の姿。彼女がパフスリーブのドレスを着ているいることに、私は気づいた。

「男爵の手厚い庇護《ひご》のもと、日夜勉学に励む少年は初等科を首席で卒業。晴れて男爵家の書生として迎えられたのであります！」

少年と少女は舞台から去り、代わりに凛々《りり》しい青年と美しく成長した娘が現れた。

青年に駆け寄り、ほほえみながらその手を取るピピネラ。青年もまた、ややはにかんだ表情で彼女の目をまっすぐ見つめる。

けれど、私は思っていた。

ああ、こういう展開知ってる。この虫の良い幸せはそう長くは続きませんでした、ってやつ。

「しかーし！　ある日、ひとりの男が男爵家を訪ねて来たことで、事態は一変」

ほうら来た。肩を竦《すく》めて舞台を凝視する。やや気取った足取りで現れたのは長身痩躯《そうく》の初老の紳士だった。

「ご注進ご注進！　ただいま制多迦《せいたか》伯爵様のご到着ゥー」

舞台は大食堂。背景のスクリーンには壮麗な天井とシャンデリアが躍り、手前のテーブルの上席では優雅に食事を終えた伯爵が謝辞を述べている。

「たいへん結構なメニューで、美味《おい》しゅうございました。ところで」

大きなハンケチで口元を拭《ぬぐ》うと、薄目でジロリと一座を見渡す。

「食事の邪魔になるからと外しておいた、私の月長石《ムーンストオン》の指輪をどなたかご存知ありませんかな?」


テテッ、テテッ、テテテテッテテテテッ。

オーケストラピットの弦楽器がいっせいに走り始める。上手から下手《しもて》から、召使いらしい男女が次々に現れ、くるくると回りながら慌ただしく舞台上を駆け抜けてゆく。そんな中、ステージの下手寄りに手を取り合ってただ立ちつくす、青年とピピネラ。

……ああ、こういう展開も知ってる。またしてもそんな思いが頭をよぎり、私は目を瞑《つぶ》る。

ピィィィーーーッ!

高らかなホイッスルとともに音楽が止まる。屈強な男たちがわらわらと現れて若いふたりを取り囲み、男爵令嬢から青年を引き剝《は》がした。

「放してください! ぼくは何も……」

「お父様、止めてください!」

当のお父様、館の主人たる馬頭男爵は、上手で汗をかきかき制多迦伯爵に頭を下げている。伯爵は顎を上げると下手を一瞥《いちべつ》した。折しも青年が男たちに連れられて退場するところである。伯爵はうなずき、鷹揚《おうよう》に手袋を振ると、こちらも足早に舞台を後にした。

ばたん。

大きな音がして世界は暗転し、弁士が淡々と口上を述べる。

『『決まっている。貧しい出自の書生が盗んだに違いない！』あらぬ疑いをかけられる青年。嗚呼、格差社会。男爵令嬢ピピネラの涙の訴えも空《むな》しく、かれは屋敷を去ることになったのでありますﾞ」

静まりかえる客席。私は次に開けるべき封筒を左手に握りしめていた。

6

ややあって、暗い舞台に声が響く。

「いま一度尋ねよう。この世が闇ならば、君の求める光とは何だね？」

照明が点《つ》くと場面は冒頭に戻っていた。往来に膝を突き慟哭《どうこく》する青年と、長身の老紳士。

「ぼくが求めるべき光など、この世界にほんとに存在するのだろうか」

詰襟姿の青年は自問する。

「数えきれない溜息で、ぼくの眼鏡はすっかり曇ってしまった。だけど、もし未来というものがあるのなら……高望みはすまい。この闇をほのかに照らす灯《あか》りでいい」

顔を上げると、老紳士の目をしっかりと見すえて言い放った。

「おまえの明日はこっちなのだと教えてくれる、ささやかな灯火《ともしび》が欲しい」

紳士はうなずき、手にしたステッキでコツンと地面を突いた。

「それでよろしい。昼間の光に慣れた目にはひとすじの光明なんて見えやしない。光のほんとうのあかるさに気づくのは宵闇の中なのだ」

おもむろに右手を内ポケットに差し入れ、取り出したものを青年の目の前に掲げる。

「君の求めていた光は、ここにある」

「アッ！」

月の光をあびてキラリと輝いたそれは、制多迦伯爵が失《な》くしたはずの、紛《まご》うかたなきあの月長石《ムーンストオン》の指輪。

絶句する青年。

「……いったいなぜ……そのせいでぼくは、何もかも失ったんです！」

「その何もかもは、君が自分の力で得たものかね？」

老紳士の表情に皮肉な笑みが浮かび、すぐに消えた。

「私はこのちいさな輝きを、光の世界から持ってきた。闇の世界を照らすために。それが、私の仕事だからだ」

「仕事？」

背後のスクリーンに、ふたたび雑踏の映像が映し出される。今度はもっと最近の駅前だ。だが、行き交う群衆はだれも表情がない。無数の棒人間たちが満員電車から吐き出され、スクランブル交差点を渡って規則正しくビル街へと吸い込まれてゆく様子が、モノクロームで、壊れたビデオテープのように繰り返し流される。

「光の届かない闇の底に、色彩はないからね」

ふっと暗くなったスクリーンの上方から、きらきらと舞い落ちる星の粉。

とたんに舞台に灯《ひ》がともり、賑《にぎ》やかなファランドールに乗ってダンサーたちが上手から下手からまろび出て来てくるくると舞い踊る。

ウフフ、アハハハ。アハハハハハ！

笑い仮面をつけ、終始無言の踊り手たち。これは闇のカーニバルか。静かな喧騒《けんそう》と狂躁《きょうそう》の支配する舞台に、ただ大きな紙の月がカラカラカラと笑っている。

「もう何十年も続けてきた。だが、そろそろ潮時だ、サンタマリア」

老紳士は青年に歩み寄ると、静かにその手を取った。

老いさらばえた枯木のような指が、青年の白く瑞々《みずみず》しい指に月長石《ムーンストオン》のリングをはめる。

「これが契約の証《エンゲージリング》だ」

「えっ？」

老紳士はシルクハットを脱いで青年に被《かぶ》せると、ぽんぽんとかるく叩《たた》いて、告げた。

「我が名はゲントウキ。この職務を今、君に委ねる」

二通目の一筆箋には、正しくこう書かれていた。

「第二幕　そしてゲントウキは誕生する」

7

ダララララッ、ドダン。トットテチッタッ、タラタラタラ、パパーッ。

「さあさ皆さんお立ち会い。世紀の怪人、ゲントウキ様の大活躍ダョー！」

けたたましいファンファーレと興行主ダゲレオ＝ダゲール十三世の口上ののち、スクリーンに巨大な活字が明滅した。

「華麗なる怪盗界の貴公子・ゲントウキが帰って来た！」

人か魔か？　サーチライトを浴びて帝都の闇を疾駆する怪しの影。

あるときは怪老人に、あるときは大富豪に扮《ふん》し、絶世の美女を掻き抱いて夜空に空中鞦韆《ぶらんこ》をやってのけたかと思えば、サーカスの猛獣の背に乗って颯爽《さつそう》と路地裏を駆け抜ける。パエトオンの駆る馬車より虚空に撒《ま》き散らされる宝飾品は、あたかも流星群の如《ごと》し。熱狂し喝采を送る群衆、翻弄される捕り手たち。管弦楽のアレグロ・コン・ブリオを劇伴に、怪盗紳士の映像はスクリーン狭しと躍った。

なるほど、これは月夜の大幻灯夜祭にちがいない。

弁士「本紀二万とんで八十五年、太陽の表面に浮かぶ黒点の如く、ありとあらゆる光は疾走するブラックホールに蹂躙《じゆうりん》されたのであります。これぞ若き日のゲントウキ様の華々しきデヴュー。老紳士はじつに五年の月日をかけて、おのれの知識と技術のありったけを青年に叩き込んだのでありました」

喝采と口笛、鳴り止《や》まぬ音楽の中、やがてひとりの女性が舞台上手から登場する。髪にはタチジャコウソウの花をつつましく飾り、スパンコールをあしらった黒いスカートの裾をかるくつまみ上げると、客席に一礼。コンデンサーマイクを握りしめて、歌いはじめた。

月明かりの路《みち》　星の零《こぼ》れる音　夜はいつでもわたしの傍《そば》に
正午の喧騒につかれた心を引き摺《ず》って

あの煙突のうえに浮かぶ　おおきな紙の月を
屋根のうえの赤い猫の　ぎらぎら　邪《よこしま》　なまなざしを

Paso doble!　踊るわたしの手を取って
星の破片を踏みしだき　貴方《あなた》は天空を駆け抜ける
見下ろす奈辺に街の回廊
遥《はる》けきシュトラーセの彼方《かなた》がわたしの故郷《ふるさと》

曲想はいつしかワルツとなり、歌声を乗せてホールから表通りへと流れてゆく。

ぎいっ。

軋《きし》んだ音を立ててドアが開き、歌に導かれるようにひとりの仮面の青年がふらふらと入ってきた。

歌い手が壇上から闖入者《ちんにゅうしゃ》に声をかける。

「お待ちしていました。星たちがあなたの噂《うわさ》をしていましたから」

「ああ、つくり話だ」口元に乾いた笑みを浮かべ、青年が顔を上げた。

「星々はたがいに何億光年も離れているのだ。噂話なんてできるはずはないね」

歌姫はくすりと笑って問い返す。

「そうなんですか？」

「ああそうだとも。常識だよ、お嬢さん。星が動いているのではなく、ほんとはこの大地が回っているという事実と同様に」

「ほんとは地球が回っているから？」

青年の言葉をたしかめるように、歌姫は言った。

「ほんとは、にどういう意味があるんだろう。太陽も月も、いつだって東からのぼって西に沈む。そうじゃない？」

はっとした様子の青年から視線を外し、なおも続ける。

「オリオンの三つ星はそこに並んでいるんです。ほんとはそれぞれ遠く離れているとしても、すばるもヒヤデスも星団だよ、私には」

「すばるは比較的近い距離にある散開星団なんだよ」

今はもうすっかりおだやかな笑みを浮かべて、青年はやさしく言った。

「ぼくの名はゲントウキ。この闇にかりそめの灯火をばらまく怪盗だ。お嬢さん、あなたの名前を教えてください」

笑顔を返し、名乗りを上げる。

「私の名前は、ぽんきち。さっきまで、そこに座っていました」

今、特等席に私の姿はなく、代わりに三通目の一筆箋が置かれている。

「**第三幕　ぽんきちは登壇し、ゲントウキと対面する**」

しかし、そのとき。

ばたんとホールの入り口が開き、恐ろしい怒声が響き渡ったではないか。

「上演中止。上演、中止！」

8

「このご時世に、いつまでも何を演《や》っておるか！　上演中止！　命令である。解散、全員ただちに帰宅せよ！」

騒然となる場内。

「官憲横暴！」誰かが野次を飛ばし、闖入者はひげを逆立てて血相を変えた。

「今叫んだ者は誰だ！　国家権力に楯突《たてつ》く気か？」

腰のサーベルをすらりと抜き放ち、暗闇を睨《ね》め回すと、大声で叫ぶ。

「もはや勘弁ならん。突入！」

号令を受け、ホールの各扉からなだれ込む警官隊。負けじと観客たちも一斉に立ち上がった。

「おいでなすったな」「さあ面白くなって来たぜ」「ブラヴォー、ブラヴォ！」

思い思いの得物《えもの》を手に取ると、敢然と警官たちに立ち向かう。ばあっと奔《はし》る目眩《めくら》ましの閃光《せんこう》は、照明係のスタンドプレイだ。指揮者はさっとタクトを振り下ろし、オーケストラが堰《せき》を切ったように遁走曲《フーガ》を奏ではじめる。

「あっコラッ貴様ら、演奏やめ！　抵抗すると碌《ろく》なことにならんぞ、ばかもの！　あ痛《いた》っ！」

あきらかに狼狽《ろうばい》した声色に、思わずくすりと笑みを漏らす。その手首をぐっと摑《つか》む、怪盗青年ゲントウキ。

「笑ってる場合じゃないよ、お嬢さん」

まじめくさった顔で言う。

「だって」

「だってもへちまもあるもんかい」

デッキブラシを手に警官隊と押し合っているのは、馬頭男爵である。振り向きざま、壇上の私たちに声をかけた。

「ここは我輩らに任せて、あなたたちは行きなさい！」

「わあ」

目を輝かせて叫ぶ。

「一生に一度は言ってみたい台詞《せりふ》のひとつだよね、それ！」

「しょうがない人だね」

こらえ切れずにくすくす笑いながら、仮面の青年がぐいっと手を引いた。

「いま言われてるのは、ぼくらだ。さあ、行くよ！」

「本紀二万とんで百三年。今この時、世界を襲った未曽有の脅威に抗《あらが》う術《すべ》を知らぬ国家権力は、あろうことかその矛先を守るべきはずの民衆へと向けた！　光と闇は反転し、彼我を交替する天国と地獄。逆立ちした世界の昼と夜の狭間《はざま》を駆け抜ける、青年ゲントウキと少女ぽんきち！」

音楽と騒音に支配され、探照灯が目まぐるしく躍る場内に高らかに響く弁士の声。

そうだ。まだ、世界は終わらない《ショウ・マスト・ゴーズ・オン》。

「ちょっと待って」

私は青年を制すると、登壇前に履かされたハイヒールを脱いでぽうんとそのへんに投げ捨てた。

「7センチのヒールじゃ走れないから」

怪盗はちょっと感心したようにこちらの顔を見る。

「いいのかい？」

「大丈夫。裸足《はだし》の方が慣れてる」

「たくましく育ったねえ」

「え、何か言った？」

「いいや。さあ、追手が来る前に！」

お互いの目を見てうなずくと、舞台袖から楽屋を抜け、廊下に走り出て、非常階段へと向かった。

けたたましいサイレンに負けじと鳴り響く遁走曲《フーガ》を背に、鉄扉を押し開ける。

「あ、目の回るやつだ」

その螺旋《らせん》階段の行き先は真っ暗で見えないが、逡巡《しゅんじゅん》している暇はない。

一気に駆け上がる。

駆け上がりながら、私は言った。

「聞かせてくれないかな、お話のつづき」

9

「私の歌を聞いて入って来たとき、あなたはひどく疲れてた」

「うん」

振り返ることなく、青年は答えた。

「あのとき、ぼくは死んでいたから」

「幽霊？」

「光の届かない闇の底には、色彩はないんだ」

先代のゲントウキの言葉を、彼はくり返した。

「世界はグレイスケールになり、一切の彩度は失われた。けれど、きみに出会って、その歌声を聞いて、少しずつ色がよみがえるのがわかった」

「おかしいね」息を切らしながら、それでも私はすこし笑っていた。

「ずいぶん前の話だよね。私はまだ生まれてないや」

「そう。正確には、きみによく似た女の子に会ったんだ」

青年もまた笑顔を浮かべる。顔を上げ、しっかりと自分の行き先を確かめながら、にっこりと。

「十八年前のあの日、この舞台の上で、あの人は歌ってた。今宵のきみと同じように」

階上にたどり着き、扉を押し開けると、そこは遊星会館の屋上、漆黒の夜空に向かって屹立《きつりつ》する背信の塔の上だった。

「高いところは苦手かい？」

「あまり得意じゃない」

への字口をして夜の街を見下ろしながら、答えた。

「でも、平気。怪盗といっしょだから」

青年はうなずくと、私をしっかと左腕に掻き抱く。驚く間もなく、空いてる右手を虚空にぐいと突き出した。するすると下りて来た紐《ひも》の端を握りしめると、ふわりと宙に浮く。えっ何事？空を見上げて、思わず声を上げた。

「あっ！」


「少女の瞳に映じたもの、彼の手にした紐の先に浮かんでいたのは、正しく巨大な黒塗りのアドバルーンでありました。周到なる青年は、じつにこの日の来ることを予期し、この宣伝気球を闇夜に放っていたのであります。嗚呼世紀の怪盗にふさわしい、何という華麗なる昇天！」

真実か、あるいは幻聴か。青年の腕の中で、私は弁士の声を聞いたような気がした。

「そうだよ」もの問いたげな視線を受けて、仮面の男が懐《なつ》かしげに呟《つぶや》く。

「あのときもやっぱり、ぼくは彼女をさらって夜空を飛んだ。そして、北の町の教会で結婚式を挙げたんだ」

目を閉じると、光の中に笑いさざめく若いふたりの姿が浮かぶ。

「ぼくたちを祝福するために、遠い砂漠の町から司教様がやって来た」

ぼんやりと黒くて細長い人影が遠くから近づいてくる。

「とても背の高い司教様だった」

ふと、かすかな不安を覚えた。

「とても背の高い司教様だった」


靴磨きの少年に声をかけた、途方もなくのっぽの人物。

男爵邸を訪れた背高の伯爵。

青年にゲントウキの名を譲った、長身痩軀の老紳士。

彼を祝福する背の高い司教。

そして、私自身が電停で出会った老人。


「気をつけて！」

私は叫んだ。

「あなたの行く先々にあらわれる、背の高い男は……」

仮面の青年はいちど私を振り返ってから、目の前の夜空に向き直った。

そこには、おおきな紙の月の仮面をつけた、煙突よりも教会の塔よりも高い、途方もないのっぽの男が立っていた。

「やあお嬢さん、よく気づいたね。カラカラカラ」

眼下ではオーケストラの演奏がまだ続いている。空はあくまで昏《くら》い。

10

「そして我が弟子よ、お前は何も見ておらなんだか」

紙の月は大袈裟な溜息をついた。

「人間には自分の一生を俯瞰《ふかん》する暇なんてありませんから。死ぬ前でもない限り」

悪びれる風もなく、怪盗青年はゆっくりと首を振った。

「ぼくの人生を弄《もてあそ》んだ、あなたはいったい何者です？」

「ひとときの悪い。私はただお前の人生を一緒に愉《たの》しんだだけさ」

夜の街から伸びた探照灯の光が、背の高い男の顔をつうと横切った。

「私は月だ。世界中の夜を見て来た」

長い腕を振って夜空を指し示す。

「見るがいい。この空にちりばめられた無数の星たちの中で、私はいちばん大きく光っている。世界中の夜空にあまねく君臨し、お前たち皆の暮らしと、その来し方を見守って来た。けれど真実は」

「ほんとは」

私は声を張り上げた。

「ほんとはこの夜空でいちばん小さい天体で、自分の力で光ることすらできない」

「そうだ」

月はゆっくりとうなずいた。

「だから、お前の光を借りた。日の光は明る過ぎて、私の手に余るから」

チョッキのポケットからピストルを取り出すと、しずかに銃口を向ける。

「今日までありがとう。愉しかったよ、私は。カラカラカラ」

ぱん、ぱん、と二発、撃った。


青年の身体《からだ》が震えてのけぞるのを、スローモーションで見たように思った。衝撃で仮面が吹き飛び、血の気の引いた顔がむき出しになる。口の端から赤い筋が糸を引くのが判った。それでも両手に摑んでいるものを離すことなく、私に向かってやさしく語りかけた。

「かしこいきみは、もう気づいてるだろう。ぼくはきみの父さんの若い頃さ」

「うん」

「父親らしいことは何ひとつしてあげられなかったけれど、ずいぶん立派に育ってくれた。ありがとう」

「待って」

「我が名はゲントウキ。いま、この職務を、娘であるきみに委ねる」

夜風が青年の上着をはためかせ、ホルスターの存在を教えた。私はピストルを引き抜き、紙の月を目がけて引鉄《ひきがね》を引く。ぎゃっと声があがり、しゅうしゅう音を立ててみるみる痩《や》せ細ってゆく月。若き日の父は満足げな笑みを浮かべ、がくりと全身の力を抜いた。アドバルーンを摑んでいた手が離れ、私とふたり、はるか眼下の街並みに向かって、落ちてゆく。

そういえばずいぶん昔、夜中にふと覗き込んだソーダ水に、まんまるな月が落ちていたことがあった。

ああ映っているんだと空を見上げたが、どこにも月の姿はありはしない。ただ、まんなかのすっぽり抜けた月暈《かさ》だけがぼんやりと中天にかかっている。

えっと思ってソーダ水を見遣《みや》ると、すでに月の姿はなく、代わりにあの紅いろのさくらんぼが、無数の泡に包まれて浮き沈みを繰り返していた。

驚いてもういちど見上げた空には、今度は満面の笑みを浮かべた月がぽっかりと光っている。

なあんだ、ずいぶん自由だな、お月さまは。

すっかり呆《あき》れたのを覚えている。

なんの走馬灯だろう。いまこの瞬間でさえ、あの気まぐれな月に支配されているのだろうか。

ちょっと腹立たしい。でも、まあいいか。もう私はゲントウキなんだから。

「第四幕　今宵、新しいゲントウキは誕生した」

緩んだ手から四通目の一筆箋がこぼれ出て、風に吹かれて夜空に溶けていった。そして、私は気を失った。

目が覚めたときは、誰もいない遊星会館の客席だった。明かり採りの窓から差し込む光に気づいて時計を見ると、とうにお昼を過ぎている。

ああ、告別式の準備をしなければ。

そう思って、着替えが置いてある控室へと向かった。さっき投げ捨てたハイヒールも、ついでに拾っておいた。

11

「お集まりの皆さんに御礼申し上げます。本日の喪主、故人の長女、ぽんきちです」

挨拶を述べるとシルクハットを脱ぎ、客席に向かって深々と一礼する。

午後七時。一度昇った太陽がふたたび沈むころ、遊星会館大ホールには故人との別れを惜しむ会葬者たちが着席していた。

いっぱいのタチジャコウソウの花で埋め尽くされた壇上に置かれた棺《ひつぎ》の中に、父親の抜け殻が安置されている。

あまり知らない人だった。昨夜までは。

「急なおしらせにもかかわらず、こんなにたくさんの人に集まってもらえました。父は果報者だと思います。ありがとうございます」

会場を見渡すと、小太りの興行主、その横はきっと弁士だろう。機転の利く照明係や親切な受付嬢もいる。頭に大きなリボンを結んだ少女とその友人たち、父親の男爵閣下。屈強な召使いと可憐《かれん》な踊り子たち。オーケストラの指揮者、楽団員の皆も並んで座っている。その後ろにはおひげの隊長を筆頭に、警官隊全員がしかつめらしい顔をして腰掛けていた。これでスタッフは全員かな。メインキャストを除いて。

「私は正直、父のことをほとんど何も知りませんでした。でも、昨夜ひと晩かけて、教えてもらったような気がします。彼がやろうとしたこと、やったこと、やりたかったけどできなかったこと」

正面の扉がすうっと音もなく開かれるのが、見えた。

「そして、彼は私を後継者に指名してくれました」

入って来たのは、あの背の高い老紳士だった。ゆっくりと手をあげ、こちらに向けて振っている。私はうなずき、今は父の形見となった仮面を取り出すと、しっかりと目元を覆った。

「だから、私は私の、ゲントウキを演じます。行くよ！」

ヒールを脱ぎ捨てると、扉に向かって一気に駆け出す。

驚いた会葬者たちが立ち上がり、てんでに追ってくるのがわかる。「静止！　静止！」と叫んでいるのは、おひげの隊長だ。ふふふ、捕まるもんですか。だって私は、

「ゲントウキなんだから」

会場を抜け出して通りに走り出る。私の隣を、途方もないのっぽの月の仮面が大股で先に歩いてゆく。とても追いつきそうにない。でも、大丈夫。

ピィィーッ。

ホイッスルの音がして、電停で待っていた路面電車が発車の合図をする。シルクハットを押さえながらひらりと飛び乗ると、後から来た会葬者たちもわらわらと続いて乗り込んで来た。

「えー、駆け込み乗車はキケンですのでおやめくださいねー」

背の高い運転手が注意し、ちんちんとベルを鳴らして電車は動き出す。私は先頭のデッキから身を乗り出して叫んだ。

「全員、乗ったー？」

「ああ、だいたい大丈夫だ」

安請け合いをするのは、小太りのダゲレオ＝ダゲール十三世だな。まあいいでしょう。運転手を見ると、片眉を上げてうなずくから、私はもう一度叫ぶ。

「飛ばして行くよ！」

着席した楽団員たちが楽器を取り出して構えると、指揮者はさっとタクトを振り下ろした。賑やかなスケルツォに乗せて、路面電車が走り出す。

窓の外の星々が、いっせいに流れるのを見たような気がした。

「うつし世の生活《くらし》はノンシャラス！　果たしてこれは現実なのか、はたまた現実からの遁走《とんそう》でありましょうか。今宵うまれた新しきゲントウキ様が我々を導くのは何処《いずこ》の地か。嗚呼紳士淑女諸君、刮目《かつもく》して待とうではありませんか！」

そんなに期待されてもね。シルクハットを小脇に抱え、夜風をおでこに受けながら、私はあの歌を口ずさむ。

Paso doble!　踊るわたしの手を取って
星の破片を踏みしだき　貴方は天空を駆け抜ける
見下ろす奈辺に街の回廊
遥けきシュトラーセの彼方がわたしの故郷

さあ、そろそろ終点だ。

12

どこまでもついてくる月が、ふいにその歩みを止めた。時を同じくして、路面電車にも制動がかかる。

車窓から身を乗り出し、夜空を見上げると、アドバルーンに摑まった父がいた。

「ごめん、忘れものがあった」

左手にしっかり抱きかかえているのは、私によく似た若き日の母に違いない。

その母がゆっくりと私の手を取ると、やさしく指輪をはめてくれた。

月長石《ムーンストオン》のエンゲージリング。

「ゆうべは両手がふさがっていたからね。今日は母さんの手がある」

「うん、そうだね。ありがとう」


ルッタリラッ、ルッタッタッ、ルララララッ、タッタッ。

指揮者の合図で、オーケストラが華やかなワルツを奏ではじめる。乗客たちのスタンディングオベーション。

「じゃあ、元気でな」

「うん。ありがとう、お父さん。さようなら」

ちん、ちん、ファーン。

さようなら、さようなら。


電車は動き出した。

気がつくと乗客たちはいつの間にか皆降りていて、電停からこちらに向かって手を振っている。

車内には私と背の高い運転士のふたりきり。

その運転士が言う。

「終点だったが、降りなくて大丈夫だったかね？」

「ええ」

告別式は終わったけれど、夜はまだこれからだから。

「私今夜はオオル・ナイトなんです」

「そうか。奇遇だね」

大きな紙の月が、ぐいと窓から覗き込むと、笑った。

「カラカラカラ。私もさ」


シートに腰かけると、最後の封筒を取り出し、一筆箋を読んだ。

「終幕　だが、ゲントウキの物語は続く」

そうだ。まだ、世界は終わらない《ショウ・マスト・ゴーズ・オン》。

日高トモキチ

（ひだか・ともきち）

1965年、宮崎県生まれ。早稲田大学第一文学部卒。漫画研究会所属。

1988年、ゲームブック『機動戦士ガンダム シャアの帰還』（共著）にてライターデビュー。

1990年、ファミコンソフト『アイドル八犬伝』の企画・コンテに参加。

1992年、「PARADISE LOST」（「近代麻雀オリジナル」）にて漫画家デビュー。

1992年、SF同人誌「パラドックス」掲載「アンビストマの迷宮」にて小説家デビュー（のちに『SFスナイパー「パラドックス」SF傑作選』（1998）に収録）。

漫画・挿画担当の著作多数。ノンフィクションや小説の共著も複数あるが、単独の小説作品集は、本書が初めてである。

装幀
坂野公一
(welle design)

装画
磯 良一

◉初出

レオノーラの卵
「小説宝石」２０１８年５月号
旅人と砂の船が寄る波止場
「小説宝石」２０１９年３月号
ガヴィアル博士の喪失
「小説宝石」２０１９年７月号
コヒヤマカオルコの判決
「小説宝石」２０１９年11月号
回転の作用機序
「小説宝石」２０２０年３月号
ドナテルロ後夜祭
「小説宝石」２０２０年７月号
ゲントウキ
書下ろし

レオノーラの卵《たまご》
日高《ひだか》トモキチ小説集《しょうせつしゅう》

2021年５月30日　初版１刷発行

著者　日高《ひだか》トモキチ

発行者　鈴木広和
発行所　株式会社光文社
〒112-8011　東京都文京区音羽1-16-6
電話　編集部　03-5395-8254
書籍販売部　03-5395-8116
業務部　03-5395-8125
URL　光文社　https://www.kobunsha.com/

組版　萩原印刷
印刷所　堀内印刷
製本所　ナショナル製本

ISBN978-4-334-91403-5

Leonora's egg

Tomokichi
Hidaka
A Collection of Short Stories

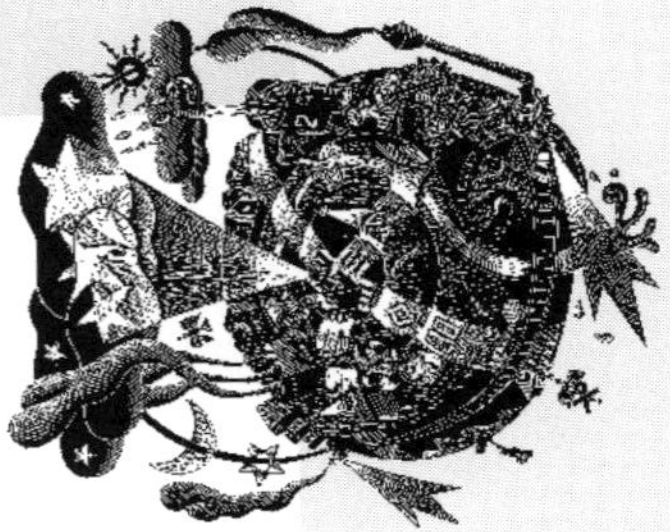